書下ろし

# 夜叉むすめ

曲斬り陣九郎③

芦川淳一

祥伝社文庫

# 目次

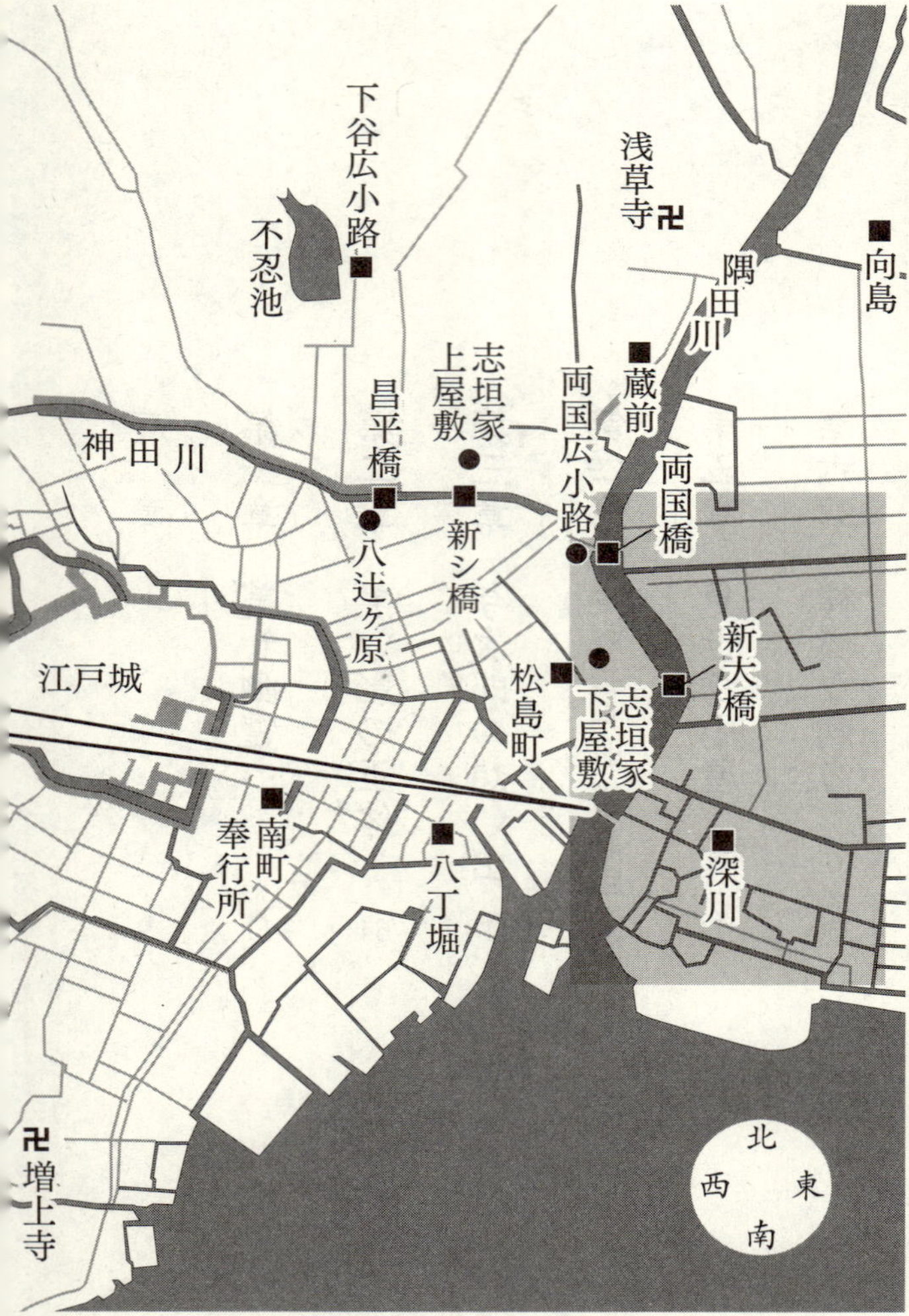

下谷広小路
浅草寺
不忍池
隅田川
向島
志垣家上屋敷
蔵前
両国広小路
昌平橋
神田川
両国橋
新シ橋
八辻ヶ原
新大橋
江戸城
松島町
志垣家下屋敷
南町奉行所
八丁堀
深川
増上寺
北
西
東
南

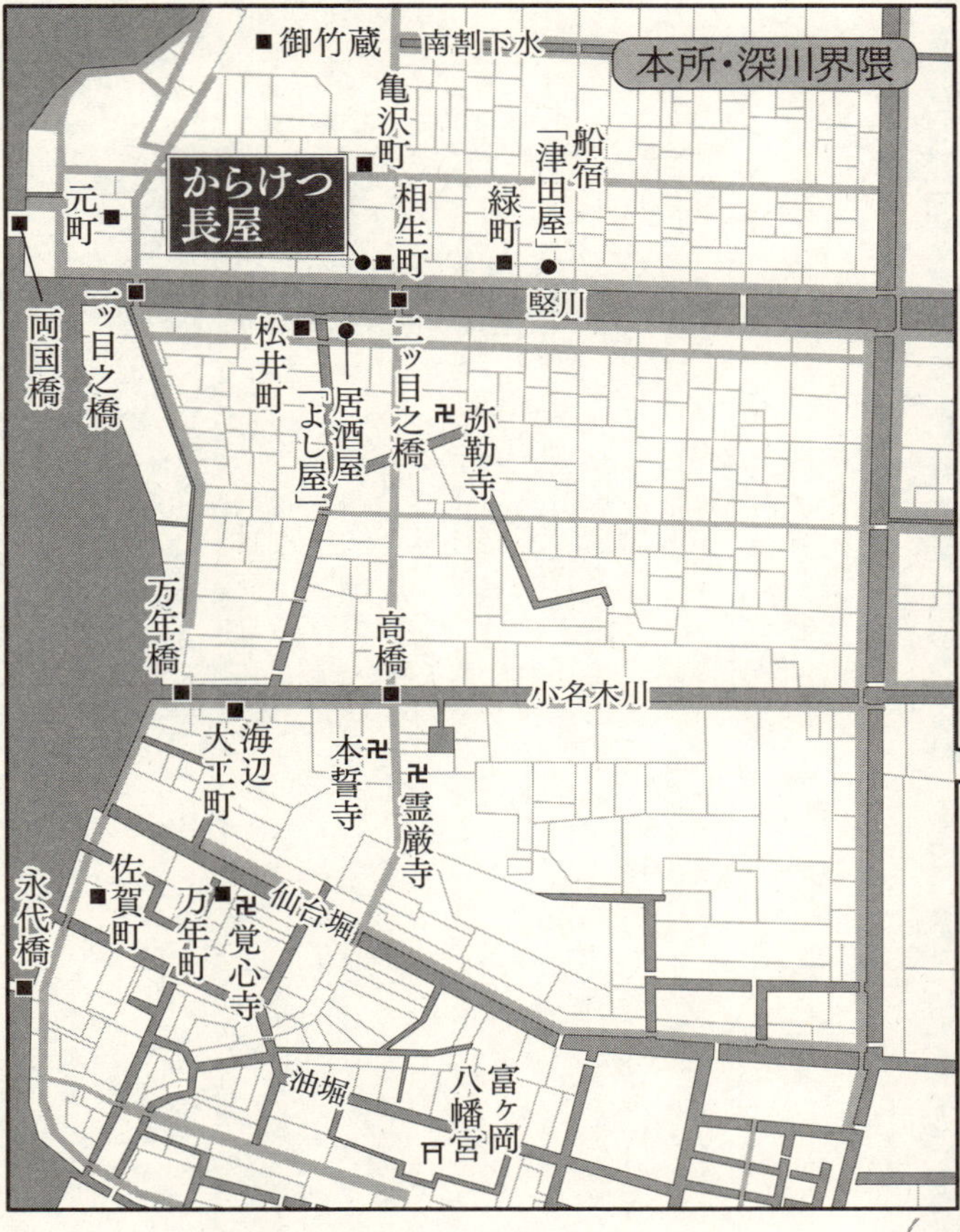
本所・深川界隈
御竹蔵
南割下水
亀沢町
船宿「津田屋」
からけつ長屋
元町
相生町
緑町
両国橋
一ッ目之橋
竪川
松井町
二ッ目之橋
居酒屋「よし屋」
弥勒寺
万年橋
高橋
小名木川
海辺大工町
本誓寺
霊巌寺
永代橋
佐賀町
万年町
覚心寺
仙台堀
油堀
富ヶ岡八幡宮

# 「夜叉むすめ」の舞台

# 序章

武家屋敷の庭で、与次郎《よじろう》売りの東吉《とうきち》は、ひとりの美しい武家娘と話していた。どことなく妙な感じを東吉は武家娘に抱いた。東吉を見る目が、東吉を突き抜けて、遥か向こうを見ているような気がしたのである。

東吉は、娘に問われるままに、与次郎の作り方などを話していた。

すると、にわかに騒がしくなり、数人の武士たちが屋敷の中から出てきた。

武家娘を慇懃《いんぎん》だが無理矢理に押しやって、東吉を取り囲む。

「お前、何者だ」

ひとりが硬い表情で詰問した。

「よ、与次郎売りですが」

訳が分からず、東吉は怖くなった。

「与次郎売り風情《ふぜい》が、なぜここにいる」

「そ、そのおかたに呼ばれまして」

東吉が、娘のほうを見やると、娘は武士にうながされて屋敷のほうへ戻って行こうとしていた。

「どこに住んでおる」

「へ、へえ、相生町《あいおいちょう》の……」

東吉は、長屋の名前を言って、

「も、もうあっしに用はないようなので、帰らせていただきやす」

早くその屋敷から出ようとした。

「そうはいかぬ。こちらに来てもらおう」

武士は東吉をつかむと、有無を言わさずに、屋敷の中へと引っ張って行く。

まわりを武士たちに囲まれながら、東吉は抗《あらが》う余裕はまったくなかった。

このときはまだ、武士たちがなにか勘違いをしており、武士たちがそれに気づけば、すぐに帰してくれるものと東吉は思っていたのだが……。

# 第一章　美女幽霊

一

青白い月の光が、妙にさえざえとした夜だった。

旗本の下屋敷で行なわれている博奕《ばくち》で金をすり、自棄酒《やけ》を呑んでいた遊び人の五助《ごすけ》は、用を足しに厠《かわや》へと歩いていた。

だが、酔眼のせいか厠の場所を間違え、

「ありゃ、ここは中庭じゃねえか」

ぶつぶつ言うと、戻ろうとした。

すると、目の隅になにか華やかなものが見えた気がした。

（な、なんだ……）

顔を向け、目を凝《こ》らすと、桜色の着物を着た武家娘が、石灯籠《いしどうろう》の近くで、向こうむきにたたずんでいるではないか。

「へえ……この屋敷に、あんなお姫さまがいるとはな」

ぽかんと口を開けて、五助は、武家娘のうしろ姿を見ていた。

すると武家娘は、両手を口元に当てて、くしゃみをした。

(お姫さまもくしゃみをするんだな)

当たり前のことをぼんやり思っていると、突然、武家娘がくるっと振り向いた。

五助と武家娘の視線が合う。

(別嬪《べっぴん》だなあ……)

武家娘の目は切れ長で清涼な美しさを漂わせていた。

目の下には、形のよいすっきりとした鼻梁《びりょう》が見える。

くしゃみをするときに、口元を覆っていた手を離し、武家娘はニッと笑った。

「あ、ああっ……」

わなわな震《ふる》えだした五助は、金縛りにあったように動けない。

その顔の唇は赤く血に濡《ぬ》れたようで、笑ったときには、口が耳のところまで裂けたのである。

「ぎゃあああ!」

五助は悲鳴を上げると、一目散に中庭から逃げ出した。

「お前の見間違いじゃねえのか」

下屋敷に住んでいる中間《ちゅうげん》が五助に言いながら、中庭にやってきた。

「あ、あれは、幽霊だ。女の幽霊だよ」

五助は、すぐにでも屋敷を出たかったのだが、暗い夜道を帰りたくはない。中庭にたしかめに行くので案内しろという物見高い中間の言葉に、渋々ながら従ったのである。

「いねえじゃねえか、なんにも」

月の光に照らされた中庭には、誰もいない。

下屋敷の中に灯はなく、寝静まっていた。

博奕の行なわれている中間部屋は、下屋敷の端にある。

「俺は夢でも見たのかな……」

五助は、目をしばたたかせて中庭を見ている。

武家娘の立っていたのは、石灯籠の近くだった。

振り向いた娘の顔を思い出して、五助はまたも震えだした。

「ゆ、幽霊じゃなければ、ありゃあ化物だ。この世のもんじゃねえよ」

五助の様子がただごとでないので、中間も笑い飛ばすことが出来なくなった。

文政《ぶんせい》六年（一八二三）水無月《みなづき》（六月）夏の盛り。

陽が落ちて、木暮陣九郎《こぐれじんくろう》は、両国広小路《りょうごくひろこうじ》での曲斬りを終えると、酒屋に寄って酒を買った。

陣九郎の月代《さかやき》は伸びており、無精髭《ぶしょうひげ》がうっすらと生えている。

だが、むさ苦しいことはなく、姿勢よく、立ち姿にゆるみがない。そのせいか、こざっぱりとした様子である。

細面《ほそおもて》に二重の目が大きく、目尻の笑い皺《じわ》が深い。

どことなく愛嬌《あいきょう》のある顔だちであった。

陣九郎が広小路でやっている曲斬りとは、宙に飛ばした団栗《どんぐり》や茶碗を、居合の一閃《いっせん》で真っ二つにしたり、骰子《さいころ》を細かく斬って雹《ひょう》のように降らせたり、さらには、投げられたものを刀の峰で受けて、弾き飛ばすといったようなものである。

去年の秋には、木の葉斬りを会得していた。

束ねた木の葉を宙に飛ばし、何度も斬る。すると、木の葉が細かな欠片《かけら》となって、ひらひらと舞い落ちてくるというものだ。

陣九郎は、一升徳利《いっしょうどっくり》を提げて、からけつ長屋へと戻って来た。

からけつ長屋とは、住んでいる連中が年中ぴぃぴぃとして懐《ふところ》具合がよろしくないからついた名前である。本来は、下駄屋の喜八《きはち》が大家なので喜八店《だな》という。

通称からけつ長屋、喜八店は、相生町四丁目の端にあった。

井戸端で水を汲んでいる金八《きんぱち》が、陣九郎を見て、

「木暮の旦那、お帰りなさいやし」

と、声をかけた。

金八は納豆売りで、鼠《ねずみ》に似た顔をしている。

「金八、東吉の奴は帰ってきたのか」

陣九郎は、気にかかっていたことを訊いた。

「それがまだなんですよ。いってえどうしたのか。どこかで行き倒れにでもなってねえといいんですがね」

「そうだな……気がかりだな。今夜は、俺のところに集まらんか」

手にした一升徳利をかざして、陣九郎は言った。

「じゃあ、皆に言っときますよ。なんか持ってる奴がいたら持って来させます」

金八は相好《そうごう》を崩した。

酒好きの金八は、陣九郎の部屋で呑めると思って嬉しかったのである。

「頼んだぞ」

陣九郎は応えると、自分の部屋に入った。

閉め切っていたので、熱気が籠《こ》もっている。

腰高障子《こしだかしょうじ》を開け放して、風を入れると、ようやく人心地ついた。

ぷーんと蚊の音がした。

ぱちんと手で蚊をたたく。

陣九郎は、蚊遣《かや》りに火をつけた。

蚊遣りは乾かした杉の葉で、もうもうと煙が上がる。

あまり燃やしたのでは、部屋にいることも出来ない。その加減が、けっこう難しいのである。

与次郎売りの東吉は、ここ三日帰って来ない。

与次郎とは弥次郎兵衛《やじろべえ》のことで、東吉は自分で作っていた。

帰って来ないのが一日くらいなら、悪所にでも泊まったのかとも思える。

東吉は酒に強くないので、呑んで来たとしても早々に帰って来る。出先で酔いつぶれるということも、いままではなかったことだ。

帰って来ないままに二日経ち、三日経つと、なにか出先で帰ることの出来ないような剣呑《けんのん》なことが起こったのかと心配になってくる。

夜の闇が深くなっていくとともに、次第に陣九郎の部屋に、長屋の連中が集まり出した。

各々《おのおの》、煮染《にし》めやら、干し芋《いも》、香の物など、そして自分の呑む湯飲みを持って、陣九郎の部屋に入ってくる。

振り売りの磯次《いそじ》は、目がぎょろっと飛び出ており、商売で扱っている魚に似ているが、それは偶然だろう。

「東吉の奴、いってえどうしたんだろうな。部屋には、売り物の与次郎がたくさん置いてあったぜ」

磯次が、飛び出た目をぎょろぎょろさせて言うと、

「お前、勝手に東吉の部屋に入ったのかよ」

羅宇《らう》屋の信吉《しんきち》が、その馬面《うまづら》をしかめた。

羅宇とは、煙管《きせる》の火皿と吸い口とをつなぐ竹の管のことだ。

信吉は町を流しながら、羅宇の取り替えや煙管そのものも売っている。顔が長い馬面だが、羅宇が細長いのとは関係ないだろう。これも偶然である。

「だってよ、東吉の奴、夜逃げでもしたんじゃねえかって思ってよ」

「なんで、東吉が夜逃げしなくちゃならねえんだ」

「知らねえよ。万が一ってことを思っただけだ」

信吉は、ともかく商売道具がたくさん残っているのだから、夜逃げではないだろうと言う。

「おい、三蔵《さんぞう》、お前、東吉の行方《ゆくえ》を占ってみろよ」

信吉が、八卦見《はっけみ》の三蔵に言った。

「あたしの八卦を信じるってんだね」

三蔵は、えへへと笑った。

総髪をうしろで束ね、丸い顔に小さな目をしている。いまは着流し姿だが、八卦見として広小路で商売をするときは、古びた紋付の羽織と縞《しま》模様の着物を窮屈そうに着ている。

浪人風を装っているわけだが、三蔵は町人である。

「誰も信じるとは言ってねえよ。だけどよ、なんにもしねえよりはましかと思ってな。もし信じてたら、羅宇屋より儲《もう》かる商いを占ってもらいたいもんだぜ。ごっそり金が入って蔵が建つような商いをよ」

信吉は、まんざら軽口でもなく言った。

「そりゃあ無理だ。欲がからむと、からきし当たらないんだ、あたしの八卦は」

「そりゃあおかしいぜ。占いに来る客ってのは、皆、欲のために来るんじゃねえのかい。商売が上手く行くにはどうしたらいいかとかよ」

「そう言われてみればそうか。女の場合は、いい男が出来るかどうかとかな。言ってみれば、皆、欲のために、あたしに占ってもらいに来ていることになるな」

「欲がらみの占いが当たらねえってんなら、三蔵の占いぜんぶが当たらねえってことじゃねえのかよ」

金八が口をはさむと、

「そりゃあそうだ。あははは」

信吉が、愉快そうに笑った。

「たまには、あたしの占いだって当たるかもしれない。東吉の居場所を占うのは、欲とはなんの掛かり合いもないしね」

三蔵は、湯飲みに残っている酒をぐいっとあおると、自分の部屋で占って来ると言って出て行った。

「なるほど。東吉の居場所が分かるか、いつ帰ってくるか分かるか、どちらにしても、俺たち長屋の者の欲が満たされるわけではないからな」

陣九郎の言葉に、皆、一様にうなずいた。

軽口を飛ばし合ってはいるが、皆、東吉が気がかりなのであった。

三蔵は、部屋で筮竹《ぜいちく》を取り出し、八卦見をしていた。

ぢゃらぢゃらと筮竹を鳴らしたあとに二つに分ける。

分けた数が奇数か偶数かを調べる。奇数は陽で、偶数は陰だ。それを六回繰り返し、どのように陽と陰が出たのかで運勢を見て行くのである。

しばらくして、三蔵が戻って来た。

「出ました、出ましたよ。あたしの占いによると、東吉は無事で病にもなってないが、南の方角にある場所で動けないと出た」

「動けないって……どういうことだい」

磯次の問いに、

「さあ、占いでは、そこまでは分からない」

「しょうがねえなあ。それで、いつ動けるか、帰って来るのかは分かったのか」

今度は信吉が訊く。

「それも分からないよ。とにかく動けなくて困ってるようだ」

「ひょっとしたら、どこかに閉じ込められてんじゃねえのか」

信吉の言葉に、

「枯れ井戸かなにかに落っこちて上がれないのかもよ」

磯次は、軽口のつもりで言ったが、言った途端にそうかもしれないという気になってきた。

占いのせいで余計にいろいろ思いつき、皆、落ち着かない気分になった。

「どうせ占いじゃねえか。気にすることはねえよ」

金八がいらついた声で言うと、

「そうだな、どうせ占いだ」

「しかも、三蔵のだ。気にしたら莫迦《ばか》見るだけだぜ」

信吉と磯次が口々に言い、三蔵は、

「ふん、占って損したよ」

不満げな顔で口をとがらした。

「なんだか、今晩の酒はいくら呑んでも酔えねえぜ」

金八が言うと、

「その前に、もう徳利に酒がないぞ」

陣九郎が応えて、皆、はあっと溜め息をついた。

そのとき、辰造《たつぞう》がふらっと入って来た。

「遅かったじゃねえか。いってえ、なにしてやがった」

金八が口をとがらすと、

「なに、ちょいとな……用があって寄るところがあったもんでよ」

辰造は三和土《たたき》に座って、深い溜め息をつく。

「なにかよくないことでもあるのか」

信吉の問いに、

「別にねえよ」

「じゃあ、体の具合でも悪いんかい」

「いんや……そんなこともねえ」

辰造は、言葉とは裏腹に弱々しい声で応えた。

痩《や》せて色の黒い辰造は、その容姿から牛蒡《ごぼう》の辰と呼ばれている。生業《なりわい》は持たず、博奕で暮らしを立てている博奕打ちである。

三蔵が、辰造に東吉のことを語ると、辰造も東吉のことが気がかりになったようだ。だが、やはりどこか心ここにあらずといった様子が、陣九郎には感じられた。

二

翌日になっても、東吉は長屋に帰って来なかった。

陣九郎は、東広小路で曲斬りの芸を披露しながらも、つい東吉が見ているのではないかと探してしまう。

これまで、なんどか通りかかったときに見てくれ、真っ先に金を笊《ざる》に放ってくれていたのである。

もちろん東吉だけでなく、長屋の連中は、皆、同じようにしてくれた。

陣九郎にとっては、かけがえのない仲間のうちのひとりだったのである。

その夜も、陣九郎は酒を買って来た。

「今日は、たんと呑めるぜ」

金八が、一升徳利を持って現れた。

「なんだか東吉を出しにして酒を呑んでいる気がするな」

すでに酒を呑んでいる信吉が笑う。

「酒の匂いに釣られて、早く帰ってくりゃあいいんだけどよ」

金八が徳利を置いて応える。

しばらくすると、辰造と三蔵が現れた。

「磯次は遅いじゃねえか。夕暮れまで仕事をしているのか」

辰造が見まわして言う。磯次は、魚の振り売りをしているが、もっぱら朝から昼にかけてが稼ぎ時である。朝に新鮮な魚を仕入れて町で売り歩くのである。

「売れ残った魚を持って来ねえかな」

信吉が、魚の匂いがしないかとくんくん鼻を鳴らした。

すると……、

「お、おい、東吉がいたぜ」

駆け込んできたのは、磯次である。

「どこにいたんだ」

「帰っちゃ来ねえのか」

金八と信吉が口々に訊いた。

「それがよ、見かけた奴がいたんだよ」

磯次の話によると、東吉を知っている丁稚《でっち》が新大橋《しんおお》近くの武家屋敷で見かけたそうで、磯次と同じ長屋に住んでいることを思い出して、話してくれたのだそうだ。

見かけたのは、酒屋の丁稚千太《せんた》で、たまに東吉から与次郎をただでもらうことがあるそうなのだ。

千太が磯次に言うには、

「おいら、四日前の夕暮前、酒を届けに志垣《しがき》さまの下屋敷に行くときに、番頭さんの手伝いでついてったんだ」

酒樽を大八車に載せて運んだのだが、それを手伝ったという。

千太は、大八車を押して屋敷の表門をくぐり、右手の台所の前まで行くと、番頭と屋敷の者たちで酒樽を台所の中に運ぶので、そこで待っていろと言われた。

しばらく立って待っていたが、世間話に興じている声が聞こえ、番頭はなかなか戻ってこない。千太は、手持ち無沙汰《ぶさた》で退屈になってきた。

ついふらふらと屋敷の奥へ歩いて行くと、中庭に出た。

そこで、東吉を見かけたのだという。

表門を入ってすぐの建家には、武芸場や中間部屋があり、その向こうに中庭がある。千太のように、建家の脇を通っても中庭に行くことが出来る。

中庭のさらに奥にも建家があり、そこは主に家来たちの部屋になっている。

手前の建家と奥の建家は、庭を囲むように右側にコの字のように建てられているが、つながってはおらず、短い渡り廊下がつけられている。

「東吉おじさん、お武家に囲まれてさ、なにか話していたよ」

どうしたのかと見ていたが、台所の方から千太を呼ぶ声がしたような気がして、あわてて戻ると、番頭がいて、

「勝手にうろつくんじゃない」

と、大目玉を食らったそうである。

「東吉の様子はどうだったか訊いたけど、千太のやつ、ちらっと見ただけだから、分からないと言ってた。役に立たねえ奴だ」

磯次が顔をしかめて言った。

「子どもだから仕方ねえだろ。志垣さまの下屋敷っていうと、新大橋近くのどこにあるんだ」

金八の問いに、

「そこは抜かりなく訊いてきたぜ。三蔵の占いどおり、ここからおおよそ南の方角だあな。あいつの占いも当たることがあるんだな、驚いちまったぜ」

磯次は、指を差す。

「そっちは東だろうが」

信吉が首を振る。

「あれ、そうだっけ。じゃあ、こっちか……あれ？」

「南といえば、向こうだ。竪川《たてかわ》の先のほうだな。たしかに武家屋敷がたくさん建っているぞ」

陣九郎が指差す方角に、皆、首をまわした。

「千太って子が東吉を見かけたのは、いったいいつのことだい」

「その屋敷に、東吉はまだいるのか」

金八と信吉が訊く。

「四日前だとさっき言ったぜ。帰って来なかった日だ。まだいるかどうかは分からねえ」

磯次の応えに、

「そこに捕らわれているとしたら、なぜなんだろうな」

陣九郎が首をかしげた。

「とにかく、その屋敷へ行ってみねえか」

信吉が言うのへ、

「行って、どうすんだよ。外から声でもかけるのか。それで、はいはいと言って出て来りゃあいいけどよ」

金八が異を唱える。

「そうだな。もし捕らわれているとしたら、出て来るわけがないし、逆に捕らえていることが分かったとなって、最悪の場合、東吉は殺されるかもしれぬ」

陣九郎の言葉に、

「そ、そんな危ねえことになってるってんですか」

信吉が目を丸くする。

「いや、すべて推量に過ぎぬ。ただ、なにも分かっていないのだから、ことは慎重にせねばならないだろう」

「では、どうしようと……」

「そうだな……」

陣九郎は、腕を組んで思案した。

とりあえず、翌日、陣九郎が様子を見に行くことになった。

羅宇屋の信吉は、屋敷の辺りへ流しに行ってみるという。運良く呼び止められたら儲け物だというが、武家屋敷から呼び止められるなど、あまりないことではある。

翌朝。

陣九郎は朝餉《あさげ》を済ますと、早速長屋を出て、武家屋敷へと向かった。

相生町から元町《もとまち》へ行くと、猪牙舟《ちょきぶね》に乗り、大川を斜めに渡った。

早朝の川風は実に心地よく、朝陽がきらきらと波頭にきらめく光景も清々しいものだった。

やがて猪牙舟は新大橋の船着場に着いた。

舟を降りると、陣九郎は武家屋敷の連なる道を、志垣家の下屋敷に向かって歩いて行った。

志垣左門之丞《さもんのじょう》は、三千石の直参《じきさん》旗本である。その下屋敷だから、かなりの広さだ。

だが、この辺りの屋敷は、水野出羽守《みずのでわのかみ》や一橋《ひとつばし》家などの広大な屋敷があって、志垣左門之丞の下屋敷は、それに比べれば小さいほうであった。

海鼠塀《なまこべい》の内側は、銀杏《いちょう》や杉、えごのきなどが植えられており、屋敷の屋根も木々に遮《さえぎ》られて見えない。

中からは、時折、武士や中間らしき男の声がするのだが、なにを言っているのかまでは聞き取れなかった。

屋敷の前を行きつ戻りつするが、中に入らなければ、なにも分からないという当たり前のことを痛感するばかりだった。
やはり、どうにかして中にもぐりこむ他ないと、陣九郎は諦めて帰途についた。
昼前には両国東広小路にやってきて、曲斬りを始めた。
ひとつかみの団栗を手に取ると、無造作に宙に飛ばす。
団栗は四方に散らばらず、陣九郎の頭上にある。
舞い上がり落下し出す団栗を見ていた陣九郎は、
「たあっ」
掛け声を出して刀を抜いた。
一閃、二閃、三閃……目にも止まらぬ速さで、陣九郎の刀は弧を描く。
ぱちりと音を立てて、刀が鞘《さや》に納まると……
ぱらぱらぱらっと、陣九郎のまわりに、細かくなった団栗が落ちてきた。
「おーっ」
見物人たちがどよめく。
陣九郎は、見物人たちを見まわすが、やはりそこに東吉はいない。
筵《むしろ》に置いてある笊に、小粒が投げ込まれて行く。
「さて、つぎにお見せするのは、茶碗斬り」

陣九郎は茶碗をひとつ手に持った。

茶碗を投げて、また宙で斬るのだが、今度はなにごともなかったように落ちてくる。ことんと茶碗が地面に当たった瞬間、真っ二つに割れるという趣向である。

陣九郎の曲斬りの芸を、見物人のうしろで、じっと見つめている長頭巾の武士がいた。頭巾から覗く目はじっと陣九郎にそそがれ、茶碗は一顧《いっこ》だにしていない。


曲斬りを終えて、夕暮れどきに長屋へ帰って来た陣九郎に、

「志垣さまの下屋敷はどうでやした」

金八が待ち構えていたかのように飛び出して訊いた。

「まるで分からん。外から見ていたのでは駄目だな」

「そうでやすか……」

「信吉はどうだ」

「あいつも、羅宇屋は必要ないかと門番に訊いたら、お前なんかの来るところじゃないと追い払われたそうですよ。いま、酒を買いに行ってやす」

「今日も呑むつもりか」

「当たりめえですよ」

「そういや辰造の奴が、なんだか用があるって言ってやした」

「用か……博奕のほかに、どんな用があるのだろうな」

陣九郎は、首をかしげながら井戸端へ行き、汗まみれの体を早くすっきりさせたいために、その場で水をかぶった。一気に体が冷えて、生き返る気持ちがした。

「皆、来るのか」


辰造はそのころ、松井町《まついちょう》二丁目にある居酒屋にいた。

松井町は、からけつ長屋のある相生町とは、竪川を挟んで向かい合っている。

「お主《けい》ちゃん、もう一本」

辰造は、いつもしかめっ面をしていることが多いが、ここではなぜかにこやかに顔をほころばせている。

「はーい」

元気のよい声が応えた。

居酒屋よし屋の看板娘であるお主である。

江戸の娘にしては、色が白く、切れ長の目は黒目がちな、かなりの器量よしである。歳のころは十六、七、小柄できびきびとよく動く活発な娘だ。

辰造は、お圭の姿を目で追っていた。

からけつ長屋の面々が、いまの辰造を見たら、熱が出ておかしくなっているのではないかと思ったに違いない。

それほど、とろんとした目つきをしていたのである。

三

夜も更《ふ》けて、陣九郎の部屋で寝てしまった金八を除いて、皆、各々の部屋へ帰っていた。

陣九郎は尿意をもよおし、厠へと立った。

すると、ちょうど自分の部屋へ入ろうとしている辰造を見かけた。

「おい、辰造」

声をかけると振り向き、

「あ、木暮の旦那。もう皆寝ちまったみたいですね」

「ああ、呑み始めたのが早かったからな。ところで、いまなん時だ」

「へえ、四つ（午後十時ごろ）前でやすよ」

「まだそのくらいか。妙だな……」

「へ……なにが妙なんで？」

辰造は、長屋の軒下から出てきて、陣九郎の顔を見た。

「博奕打ちのお前が、博奕をしに行ってないからよ」

「たまには休まないといけやせんからね」

「だが、昨日も一昨日も、俺の部屋で酒を呑んで眠ってしまったではないか。その前は……どうだったかな」

「そういやあ……このところ、賭場《とば》へは行ってませんや」

辰造は、指折り数えて、

「ずいぶん行ってねえや。最後に行ったのが七日前でやすが、そんときに大勝ちしたんですよ。それで、当分、博奕を打たなくても暮らして行けるんでやす」

辰造は、晴々とした顔で笑う。

「そうか、それはなによりだな」

陣九郎も笑い返すと、厠へと向かった。だが……

（博奕打ちというものは、そんなものなのか……）

以前の辰造なら、大勝ちしても賭場へ通っていた気がする。

（そんなことより……）

志垣家の下屋敷に賭場があるかどうか、それを訊こうと思ったが、すでに部屋に入ってしまった。

（まあ、明日でよいだろう）

陣九郎のほうも、漏らしそうなほど尿意が高まっていたのである。


その翌日の夕暮れ、曲斬りを終えて汗まみれの陣九郎は、

（今宵《こよい》は、湯屋でゆっくりとしてこよう）

長屋へ戻ると、手拭いを持って湯屋へ出かけた。

その途中、ふと見覚えのある背中が目に入ってきた。

「おい、辰造」

声をかけると、

「ああ、木暮の旦那」

振り向いたのは、妙に顔がゆるんだ辰造である。

長屋で見かけるのとは、様子がどこか違う。たがが外れているというのは、少し大《おお》
袈裟《げさ》だが、そんな感じだ。

「どこへ行くんだ」

何気なく訊いたのだが、

「あ、いや、なんでもないんで。ちょいと、その……」

妙にどぎまぎしている。

「ふむ、別にどこへ行こうと、俺に掛かり合いはないのだが……ひとつ頼みがあるんだがな」

「なんでやす」

「東吉がいたという武家屋敷なのだが、中間部屋で博奕が行なわれていたら、ぜひ様子を探ってもらいたいのだよ。出来れば、俺をつれて行ってもらいたいのだが」

「へえ……そういや、東吉の奴、志垣さまの下屋敷の庭にいるのを、酒屋の丁稚が見たんでやしたね。あそこも博奕をやってやすぜ。様子を探るのに博奕をしに行くのはよい手立てでだ。そんなことも思いつかないなんて、あっしもどうかしてやしたな。いいですぜ、行きやしょう。今夜でもいいですが」

「ほう、なら湯屋から上がったら……」

「い、いいえ、もっと遅くに。四つ過ぎに行きやせんか」

「ああ、俺のほうはそれでよいがな」

「じゃあ、あっしはこれで」

言い置くと、そそくさと辰造は歩き去った。

竪川の方向へ歩くうしろ姿を見て、

(やはり、なにかに心を奪われているようだな)

陣九郎は、そのなにかの見当がつかなかった。

その夜は、酒はほどほどにして、辰造が帰って来るのを待った。

ほかの連中は、相変わらず陣九郎の部屋に押しかけると、勝手に酒盛りをしていたのだが。

四つを過ぎて、ようやく辰造が帰って来た。

ほんのりと顔を上気させ、ほろ酔いだ。

「どこで呑んで来たのだ」

陣九郎の問いに、

「へへ、まあね」

頭をかいてはぐらかした。

「今夜は様子見ということで、少しだけ賭けて帰って来よう。俺は、明日も曲斬りがあるから、朝までは辛いが、東吉がいるかどうかの手がかりだけでも分かるとよいのとくに暑い夏のことだ。炎熱の下での曲斬りは、余計に疲れてしまう。

「分かりやした。九つ（深夜十二時）過ぎには引き上げやしょう」

辰造は、博奕打ちらしくない淡白さだ。

陣九郎と辰造は、元町から猪牙舟に乗って新大橋の船着場へと渡り、志垣左門之丞の下屋敷へと向かった。

猪牙舟の船頭は、船宿ですでに寝ようとしているところを、酒手をはずんで舟を出してもらった。

猪牙舟の中で、辰造は、なんどか溜め息をついたが、陣九郎は素知らぬ振りをしていた。

辰造が自ら話し出さないかぎり、あたらほじくるのは止めたのである。

辰造は、以前はよく志垣家の下屋敷で博奕を打ったことがあるという。

このところはご無沙汰だというのだが、

「どうも博奕打ちには、博奕場との相性があるんですよ。あの屋敷とは、どうも相性が悪くって負けがこむんでやす」

というのが、足が遠のいているわけだと言った。

だが……」

志垣家の下屋敷の門番は、辰造の顔を覚えていた。

「牛蒡かい……久しぶりだな」

門番の言葉に、辰造はえへへと愛想笑いをし、

「今日は、お侍を連れてきたんだが、いいかな。けっこう度胸のあるお人でね」

と言って、小粒をいくつかつかませた。

これで二人とも通ってよいと門番が目配せをし、辰造を先に、陣九郎も中間部屋へ入ることが出来たのである。

博奕は少なく賭けて、勝ったり負けたりで、浮きも沈みもせずに進んだ。

半刻（約一時間）ほど経ったころ、陣九郎は厠へ立った。

いや、立った振りをして、厠を間違える。

そうやって、屋敷の中を探ろうというのである。

月光に照らされた庭は、さんざめく虫の饗宴《きようえん》といった趣《おもむき》で、ときおり池で蛙《かえる》が鳴いている。

（しかし、どこをどう調べたらよいものかな……）

陣九郎は、庭に面した廊下に立ち、屋敷と庭を見まわした。

こうなったら、屋敷中をうろついてやろうかと思い、廊下を進み出した。

するると、人の気配がする。陣九郎の来た中間部屋からやってきた者たちのようだ。

陣九郎は、月の光の届かない廊下の隅に身を寄せる。

「ちょいと前の夜中に、女の幽霊を見たって奴がいるんだよな」

「ああ、あの石燈籠の脇に立っていたそうだぜ」

男が二人、話しながら立ち止まり庭を見ている。

「女中が立ってたんじゃねえのか」

「水もしたたるいい娘だったって言うんだ。桜色の着物を着て、お姫さまのようだとも言ってたぜ。女中に、そんなのがいるかよ」

「いねえか」

「居眠りして、夢かうつつか分からなかったんだろうぜ。もういいだろ。博奕場に戻ろうぜ」

「もう少し待ってみようぜ」

「おめえも、好きだなあ」

どうやら、庭で幽霊を見た者がいるらしい。

その噂を聞きつけた博奕の客が、中間とともに見物にやってきたようである。

しばらく、二人は立ったまま喋っていたが、

「今日は出ねえようだぜ」

中間がしびれを切らして言った。

「また今度くるか」

二人は、賭場へ戻って行った。

（あんなに騒がしくちゃ、幽霊も出て来づらいだろうに）

陣九郎は、二人が去ったあとに、廊下の暗闇から出た。

廊下を歩いて行くと、人の寝ている気配がする。

耳を澄ませば、寝息や鼾《いびき》が聞こえてくる。

足音を立てないようにして、陣九郎は武家屋敷の中をあちこちと動きまわった。

大きな鼾が聞こえてくる部屋は、気になって障子を開けて中を覗いた。

東吉は鼾をかくが、酒を呑んで陣九郎の部屋で寝るときのことである。酒を呑まないときも鼾をかくのかどうかは陣九郎も知らなかった。

鼾が聞こえる部屋をいちいち覗いてみたが、どこにも東吉は寝ていなかった。寝間には、灯心を絞った常夜灯が灯されているので、中の様子は分かる。

（どこか人目のつかない場所に閉じ込められているのか……）

陣九郎は、手がかりのないことに苛立《いらだ》った。

どのくらいうろついていたのか、陣九郎には見当がつかなくなっていた。

（半刻も経ってはいないだろう。四半刻か……いや、もっとか……）

いずれにしても、厠へ立ったにしてはときが経ち過ぎている。

陣九郎は、賭場へ戻ろうとして、再び中庭に面した廊下に出た。

（おやっ……）

さっきは庭になかったものが見え、目を凝らす。

すると、十五間（約二七メートル）ほど先にある石燈籠の脇に、女がひとり立っている。

庭は二十間（約三六メートル）四方ほどの広さだ。

横を向いた肌は蠟《ろう》のように白い。さらに白い寝間着姿で、そこだけがぼーっと白く光っているように見えた。

（あれが、さきほど男たちが話していた幽霊なのか……）

陣九郎は、その場にたたずみ、女を凝視していた。

その目を感じたのか、女はゆっくりと陣九郎を振り向いた。

（……！）

陣九郎に向いたその顔は、恐ろしげなものだった。

切れ長の目はどこを見ているのか虚《うつ》ろだ。そして、その妙に紅い唇が、耳元まで裂けていたのである。

だが、陣九郎は、いつぞやの遊び人五助とは違って、その場から逃げ出そうとはせずに、じっとその恐ろしい顔を見ていた。女も陣九郎の方を向いたまま、立ちつくしていた。

すると、どたどたと足音がした。

屋敷の奥から陣九郎のほうへ向かって来る。

陣九郎は、恐ろしい顔から目を逸《そ》らしたいという気持ちもあり、思わずうしろを振り向いて足音の主が近づいて来ているかどうかたしかめた。

まだ、姿は見えない。

目を元に戻すと……女の姿はなかった。

（どこへ……）

消えたのか、分からない。

足音は、もうすぐそこまで迫っている。

廊下の角を曲がって姿を見せそうだ。

陣九郎は、なるべく月の光を浴びないようにしながら、賭場に向かって小走りになった。足音を立てないようにしたのは言うまでもない。

賭場に戻ると、中間たちが陣九郎をいぶかしげな目で見た。

「腹をこわしたようでな……」

陣九郎は、腹をさすりながら座った。

四

東の空が白みかけたころ、賭場はお開きになった。

当初はもっと早く帰るはずが、陣九郎が長く厠へ立ったせいで、中間たちの目が厳しく感じられ、博奕好きの客らしく朝まで居つづけたのである。途中で帰る客はひとりもいなかったこともある。

陣九郎と辰造の賭けは、少し負けた程度で終わった。

「なにか東吉について、分かりやしたか。あっしはとんと……」

帰り道で、辰造が陣九郎に訊く。

辰造も、厠へ立った折に、辺りを探っていたが、なにもなかったそうだ。

陣九郎は、あまりに長く厠に立っていたので、そのあと、二度しか厠へ行かなかった。あまり頻繁だと怪しまれるからである。

「最初に調べたときに、中庭で妙なものを見た」

陣九郎は、口が裂けた怖い女を見たと言った。

足音を気にして振り向き、顔を元に戻したときには消えていたとも。

「そ、それは……ゆ、幽霊じゃねえんですか」

「そうかもしれぬな」

陣九郎があっさりと認めたので、辰造は青くなった。

「あ、あっしも、庭の前を通りやしたが、なにも見やせんでした。いやあ……見なくてよかったでやすよ」

辰造は、くわばらくわばらと言って吐息をついた。

「幽霊のような女は見たが、肝腎《かんじん》の東吉については、なにも分からなかったな」

陣九郎の言葉に、辰造はうなずくと、

「これから、あの博奕場に通ってみやすよ。毎晩というわけにゃあいかねえですがね……しかも、遅くなってからにしやすが」

「うむ……頼んだぞ。俺も、また一緒に行ってみよう」

話しているうちに、からけつ長屋に着いた。

二人は、各々部屋に帰ると、倒れるようにして眠ってしまった。

賭け事だけでも疲れるのに、合間合間に武家屋敷を調べたのである。思った以上に疲れてしまっていた。

眠ったときは、まだ涼しかったが、昼過ぎともなると、炎熱で陽炎《かげろう》が立ち、打ち水をしても、すぐに乾いてしまう。

汗まみれになって目が覚めると、すでに昼過ぎだった。

井戸端で顔を洗い、念のために東吉の部屋の腰高障子をたたく。

返事はなく、障子を開けるとすんなり開き、中には誰もいない。

（まだ帰ってはおらぬな……）

陣九郎は、桶に水を汲むと部屋に戻った。

博奕打ちの辰造は、いつものことだが、陣九郎は昼前の稼ぎがふいになった。

とはいっても、見世物芸は、昼前はあまり稼ぎにはならない。

忙しく働いている人々ばかりなので、足を止める者が少ないのである。昼を過ぎると、ぼちぼちと人が集まってくる。

もっとも見物人が多いのは、昼下がりだ。陽が落ちてくると、再び人々はせわしなくなって、右往左往し始めるのだ。

もっとも、夏の暑い時季は、昼過ぎも客はまばらだ。暑い夏と寒い冬は、辻芸人にとっては、辛い時季である。

春に稼いでおいたから、一日二日休んでもどうということはない。

陣九郎は、暑くてだるくなり、今日は曲斬りを休んでしまおうかと思った。

どこか涼を取れるところへ行くのも一興かと、どこがいいかあれこれと思案した。

（やはり川っ端《ばた》がいいか。川風に当たっていれば、心地よいぞ）

すぐにそうと決め、冷や飯に水をぶっかけて、香の物と一緒にかきこむと、長屋を出た。

すぐ近くの竪川の岸へ行き、松の木陰に寝ころぶ。

（ふう。なんだか生き返ったようだ。……いや、これなら大川端のほうが、もっと心地よさそうだ）

しばらく涼を取って、汗がひくと、木陰から出て、大川に向かった。

尾上町《おのえちょう》の川岸で木陰を探し、また寝ころんだ。

川幅が広いだけに、川風も強く、涼を取るには最適だ。

（しかし、昨夜の女は何だったのだ……）

ぼんやり考えるうち、うつらうつらと眠ってしまった。

辰造は、陣九郎が長屋を出たころには、まだ汗まみれになって長屋で寝ていた。

大川端で、気持ちよさそうに陣九郎が寝息を立てているころ、ようやく起き出して大あくびをした。

井戸端で井戸水を浴びると、どうするかと思いきや、また眠ってしまった。

そして、辰造が出かけたのは夕暮れどきである。

辰造と入れ代わりに、陣九郎が長屋に戻って来た。

(なんだか、一日中、眠っていたような日だな)

自分がフニャフニャの海鼠《なまこ》にでもなった気分がする。

昼間も東吉を探すべきだったのだが、疲れと暑さで、どうにもならなかったのである。

またぞろ、長屋の連中が陣九郎の部屋に集まり出した。

しかし、風向きのせいか、部屋に風が入って来ず、暑いことこの上ない。

「こりゃあ外に出るほかはねえやな」

長屋の前のどぶ板に縁台を出して、そこで涼むことになった。

縁台は、木戸番小屋にあるものを借りた。

煮干しを肴《さかな》に、磯次が買ってきた酒を呑んでいると、

「そういや、辰造はどうしたかな」

陣九郎は、辰造がいないことに気がついた。

「あいつなら、夕方出て行きましたよ」

金八が応える。

「そうか……博奕場には遅くなってから行くと言っていたが、その前になにか用があるんだろうか」

「いってえ、なんの用なんですかね。あいつは博奕打つくらいしかやることはねえはずなんですがね」

「あとは酒だぜ」

信吉が横から言う。

「ああそうだった。だけどよ、居酒屋で金を使うなんてもったいねえとよく言ってたぜ。ここで呑まずにどこで呑むってんだよ」

「そりゃあそうだ」

結局、辰造がどこへ行ったのか、皆、さっぱり分からなかった。

ところが、辰造は居酒屋にいた。

松井町二丁目の居酒屋よし屋で、ひとり猪口《ちょこ》を嘗《な》めるようにちびちびと呑んでいたのである。

十四のころから、博奕を打ってきた辰造は、ちょっとやそっとのことでは慌てず心を落ち着かせる自信がある。

そうでなければ、いまごろは博奕の負けが込んで金が払えず、殺されようと自害しようと、いずれにしても大川に土左衛門《どざえもん》となって流されているに違いない。

そんな辰造が、いまは、しきりにあちこちを用もなく見たり、座り直したりと落ち着きがない。

辰造のお目当ては、看板娘のお圭だ。

お圭がいると思うだけで、落ち着きがなくなってしまう。

目まぐるしく立ち働いているお圭を、目で追うのも大変だ。

「あ、あの……」

声をかけようとするが、小さな声しか出ない。

ようやく、気がついてお圭がにっこり笑って辰造を見る。

「あ……もう一本」

声をかけるといっても、銚子《ちようし》の追加である。

「はーい」

明るい笑顔に、辰造の心も明るく染まる。

お圭をどうこうしようという気持ちはない。

しがない博奕打ちという分をわきまえているつもりだ。

自分に相応《ふさわ》しい女は、岡場所の女か、あるいは素人《しろうと》でも、うらぶれた女だと思っている。お圭のように若くて綺麗な娘など、端《はな》から諦めているのだ。

だが……気がつくとお圭の顔や姿が目に浮かび、よし屋に来ずにはいられなくなるのであった。

(俺は、どうかしちまったのに違いねえな)

辰造は、そんな自分をかえりみて、首をかしげざるを得ないのだが、心はそんなこととは別にどうしても止められないのである。

この夜も、よし屋が終わる四つまで粘っており、お圭の笑顔で送り出された。

もちろん、店を終えて出てくるお圭を待ち伏せて声をかけるなどということはしない。うしろ髪を引かれる思いを断ち切って帰るのである。

月が出ているので、提灯《ちようちん》なしでも充分に歩ける。

この夜も、長屋に帰って、陣九郎に声をかけて賭場へ行こうかと考えていた。

だが、辰造と同じく最後まで粘っていた客が、辰造のうしろを歩いていたのだが、
ふいに足音を立てなくなったことに気がついた。

ずっとよし屋の様子が気になっており、すぐにお圭が出てくるのではないかと思っていたせいで、すぐあとを歩いていた客の足音の変化にも気がついたのである。

辰造は耳を澄ませながら、しばらく歩くと、ついと近くの軒下《のきした》に入った。

案の定、月明かりに照らされた道には、客の姿はない。

辰造と同じように軒下に隠れたのだろう。

客の目的はお圭にありそうだ。ほかに軒下に潜《ひそ》む理由が分からない。

どのような客だったか、辰造は思い出そうとした。

(たしか……)

髭《ひげ》の剃《そ》りあとの濃い、金壺《かなつぼ》まなこの男だったような気がした。

歳のころは、辰造と同じくらいで、二十四、五だろう。

しばし、軒下でじっとしていると、よし屋からお圭が出てきた。

「気をつけるんだよ」

店の主人の声がして、

「はーい」

店の中でよく聞いた明るい返事をして、お圭は外に出て来る。

(ひとりで帰るのか……物騒だな)

辰造はお圭がどこに住んでいるのかを知らない。調べれば分かるだろうが、そんなことをしてよいのかと逡巡《しゅんじゅん》していたのだ。ならず者に近い博奕打ちにしては、相当に純といえる。

お圭は、まっすぐに辰造のほうへと向かって歩き出した。

すると、その前に立ちはだかった男がひとり。

お圭が驚いた顔をした。だが、怯《おび》えた様子はない。

辰造は、軒下を伝って、二人に近づいて行く。

「お圭ちゃん、一緒に帰ろうぜ。夜道は危ねえからな」

金壺まなこの男の声が聞こえた。

「あたし、ひとりで平気よ。早く帰ったら」

お圭は笑顔だが、答えは素《そ》っ気《け》ない。

「そんなことを言うなよ、な」

男は、お圭の手をつかんだ。

「や、止めて」

お圭の声がこわばる。

「おい、なにをしてやがるんだ」

辰造は、軒下から飛び出ると、男に怒鳴った。

振り向いた男は、

「なんだ、おめえも客じゃねえか。おめえもお圭ちゃんを待ってたのか」

ニタニタと男は笑った。

「そ、そんなんじゃねえ。お前が待ち伏せしているようだから、気がかりだったのよ。そしたら、案の定、悪さをしようって魂胆《こんたん》だな」

辰造は、憤然《ふんぜん》となって男に近づいた。

「うるせえんだよ！」

男は、いきなり辰造の胸ぐらをつかんだ。

「なにしやがる」

辰造は、男の手を振り払おうとしたが、男の力は思ったより強くびくともしない。

「黙ってろ」

男は、平手で辰造の頬《ほお》を張った。

目から火花が散った。頭がくらくらする。

博奕打ちなだけに喧嘩慣れしているはずの辰造だが、お主の手前、いきなり殴るのは乱暴だと嫌われそうな気がして、怒鳴って追い払おうとした。そのために、力の強い相手に先手を取られるという失敗をしてしまったのである。

「こ、この……」

辰造は、なんとか男の手を振り払い、反撃しようとしたのだが……目の前が真っ暗になってしまった。

男のさらなる殴打《おうだ》で、気を失ってしまったのである。しかも、平手打ちではなく、今度は拳《こぶし》で殴られたのであった。

五

夜が更けて、いくぶん涼しくなった。

路地の縁台から、陣九郎の部屋の中へと、皆移っている。

陣九郎は、ひとりでまた下屋敷へ行ってみるかどうか迷っていた。

昨夜は、厠へ行ったまま戻って来るのが遅すぎて、怪しまれているような気がするのである。

(まあ、辰造もおらぬし、今夜はいいか……)

酒を呑もうとしたが、湯飲みの中は空だ。

「おい、酒……」

あたりを見まわすと、すでに皆、眠っている。

一升徳利を取ってみると、中は空だった。

(今日はやけに呑むのが早いじゃないか)

と思ったが、すでに四つをまわっていた。

皆、東吉を探しあぐねて、下屋敷に手がかりがないのなら、お手上げだと自棄酒気味だったことを思い出した。

陣九郎は、昼間眠っていたせいで、酔いのまわるのが遅かったようだ。

立ち上がると、少しよろめいた。

(俺も、けっこう呑んだようだ……)

井戸から汲んだ冷たい水を飲み、顔を洗うと頭がすっきりとする。

月は皓々《こうこう》としており、妙に大きく感じられた。

(この月の下に東吉は無事でおるのか……)

そんなことを思うと、今度は胸が苦しくなった。

ふいに、ふたりの娘の面影が頭に浮かんだからである。

志乃《しの》と、そして、志乃に似ているお春《はる》だ。

志乃は、陣九郎が駿河《するが》の久住《くすみ》藩で馬廻り役だったころに、所帯を持つことを言い交わした娘である。

横恋慕《よこれんぼ》した涌井一馬《わくいかずま》に凌辱《りようじよく》された志乃は、自ら命を断った。

一馬は、陣九郎も斬ろうとしたのだが、陣九郎が返り討ちにした。事情が事情だけに、陣九郎には、なんら咎《とが》めはなかったが、志乃を失った哀しみで、一時は腑抜《ふぬ》け同然になっていた。

陣九郎は両親を失くし、ほかに家族はいない。さらに、腑抜けとなっていたので、致仕《ちし》して江戸に出るのを止める者はいなかった。

一馬の父親であり、江戸家老の涌井帯刀《たてわき》は、息子の不始末の責めを負い、隠居の身となった。そして、一馬の仇《かたき》である陣九郎の命を狙って、執拗《しつよう》に刺客《しかく》を放ってきたのである。

だが、その刺客もこのところ影をひそめている。帯刀が諦めたのならよいがと、陣九郎は願っていた。

志乃を思い出すことにより、江戸に出てきた成り行きまでも頭に去来し、陣九郎は深い溜め息をついた。

（思い出しても詮《せん》のないことだ……）

虚しさが胸に満ちて息苦しくなるほどだった。

頭の中で、志乃の顔が、お春に変わる。

お春は、亀沢町《かめざわちょう》の扇屋《おうぎ》千羽屋《せんばや》の娘だ。

抜け荷をしていた廻船問屋の用心棒と斬り合ったとき、相手を倒しはしたが、自らも深い傷を負った陣九郎は、旗本の本田《ほんだ》家の屋敷に担ぎ込まれた。

その屋敷で行儀見習いのため奉公していたのがお春で、陣九郎の看病をしてくれたのである。

お春の切れ長だが大きな目、ふっくらした頬、形がよい鼻に、柔らかそうな唇は、志乃とよく似ていた。

だが、目がくるくるとよく動くのと、活発なところは、志乃と違っていた。志乃は、おっとりとして穏やかな娘だったのである。

（お春さんとは、ずいぶんと会ってないな。もう、俺のことなど忘れておることだろう……）

今度は寂しさが胸に満ちる。

（いかん、いかん、今夜は、辛いことや寂しいことばかり思い出すではないか……）

陣九郎は首を振りつつ部屋に戻ろうとした。

すると、長屋の路地に人の気配がした。

月明かりに照らされたのは、いつもと違う顔をしている辰造だった。

「辰造……」

声をかけて、陣九郎がよく見てみると、辰造の左顎《あご》が腫《は》れ上がっているのである。

「木暮の旦那」

声を出した途端に、さらに顔をしかめた。

「水で冷やしたほうがよいぞ」

陣九郎は水を汲んで、顔を拭いた手拭いを洗ったのちに、水で湿らせて辰造に渡した。顎を冷やすためである。

「すんません。いきなり殴られたもんで」

辰造は悄然《しょうぜん》として、手拭いを顎に当てた。

今夜あったことを話したいというので、陣九郎は辰造の部屋へと入った。

「どうにも妙なことがあったんでやすよ」

辰造は、すっきりしないのか首をかしげた。

「どんなことだ」

「へえ、実はでやすね……」

言いにくそうだったが、辰造は、松井町の居酒屋よし屋の娘お圭のことが頭から離れず、通いつづけていること、そして、今夜、店が仕舞ったあとに、お圭が客に絡まれているところを救おうとしたが、逆に殴られて気を失ったことまでを話した。

「それは災難だな。それで、お圭は……」

話の成り行きからだと、会ったことはないが、陣九郎も、お圭の身が案じられてきた。

「それがでやすねえ……」

辰造は、それからが妙だと言った。

気がつくと、目の前にお圭の顔があった。

辰造は道で仰向けになっており、その顔をお圭がしゃがんで覗き込んでいる。

「大丈夫？」

お圭は、気がかりそうに訊く。

「あ、いや、でえじょうぶだ」

顎がずきずきと痛み、まだ頭がくらくらしているが、辰造は空元気を出して言った。惚《ほ》れた娘に虚勢《きょせい》を張ろうとしたのである。

「うちで、ちょいと休んでいったらどうです」

男の声がした。

目を向けると、よし屋の主人が中腰で辰造を見ている。

「あ、いや、もう平気だ。歩いて帰れるよ」

辰造は首を振った。振ったと同時に、頭と顎が強烈に痛んだが、表情には出さないように我慢する。

「ところで、あの金壺まなこの野郎はどうしたい」

お圭に助けられて上体を起こしながら、辰造は訊いた。

「あっちで伸びてる。もう悪さはしないよ」

笑ってお圭は言った。

辰造が見ると、金壺まなこの男が大の字になっていた。

「お圭、遅いから、お前はもう帰んな」

主人がお圭に言う。

「うん、じゃあ、お客さん、またお店でね」

お圭は、辰造に笑いかけると、小走りになって夜道を駆けて行った。

「ひとりで危なくねえかい」

辰造が言うと、主人は、

「なに、お圭の住処は、すぐそこの長屋です。しかも、あいつはああ見えてすばしっこいですからね。ですが、今夜は、あんたに助けられましたよ。恩に着ますよ」

礼を言うではないか。

辰造は、助けられなかったし、礼を言われることはないと手を横に振った。

「そうですか。お圭は、あんたがあの男をのしたと言ってましたがね。なんでも、相討ちのような恰好になったと……」

その言葉に、辰造は困惑した。

てっきり、主人が男を殴って気絶させたと思っていたのである。

「思い出しても、自分が殴りつけた覚えがねえんでやすよ」

辰造は、またも首をひねった。

「だが、ほかに金壺まなこの男を殴る者はおらんのだろう。お前がやったのに、殴られたことでそれを忘れたということはあり得るぞ」

陣九郎の言葉に、

「でもですね……殴ったあとは、あっしの拳も痛いもんでやすが、それがちっとも痛くねえ。殴ったなんて嘘のように思えやしてね」

狐《きつね》につままれた気がすると言った。

「お主という娘が、そう言ったのだからな。嘘をつくこともないだろう」

「へえ……」

辰造は、納得出来ない顔である。

「それよりも東吉だ。まだ帰って来ぬ。今夜は無理でも、明日の夜は、また博奕に行こうと思っておるのだ。その顎がまだ痛んで動けぬようなら、俺ひとりでも行くことにするが」

「いえ、明日になれば、この腫れもひきやすよ。あっしにも行かせてくだせえ」

言ったそばから、顎が痛むのか、辰造は顔をしかめた。

# 第二章　黒い影の正体

## 一

辰造は、目が覚めると、顎の痛みは和《やわ》らいでおり、腫れもひいているのを感じた。だが、起きて顎を触って驚いた。じっとしていればなんともないが、触っただけでずきんと骨が軋《きし》むように痛んだのである。

井戸端に出ると、

「な、なんだ、その顎は。青黒くなっているではないか」

たまたま水を汲んでいた浪人が驚いて言った。

腫れはひいているが、見た目はひどくなっているようだ。

浪人は名前を袴田弦次郎《はかまだげんじろう》といい、痩せていて、細い目がつり上がり、肌の色がやけに白い。そのせいで、白狐《びゃっこ》のようだと陰で言われている。

からけつ長屋に住んでいる武士は、陣九郎とこの弦次郎のふたりである。

だが、陣九郎と弦次郎との付き合いは、ほとんどない。というか、弦次郎は、ほかの長屋連中とは一線を画し、挨拶をする程度である。

いつも長屋の隅の部屋から、陣九郎たちがなにをしているのか、こっそりとうかがっている。

もの問いたげな弦次郎に、辰造は挨拶だけすると、弦次郎が水を汲み終わるのを待った。

辰造がなにも話さないので、

（おおかた喧嘩《けんか》でもしたんだろう。博奕打ちなんてのは、どうしようもない……）

莫迦《ばか》にした顔になり、部屋へ帰って行った。

なにか、金になりそうなことだったら、陰で上手く立ちまわって、しかるべきところから金をせしめようとするのが、弦次郎の常だった。

これまでにも、陣九郎を狙う刺客がいると知ると、陣九郎が現れる場所を教えて、金をせしめてきた。

もちろん長屋の中の出来事だけで暮らしが立つはずはない。

あちこちの武家屋敷に出入りして、身内の者を使いたくないような汚れた仕事を請け負っている。

（相変わらず、気持ちの悪いお武家だぜ）

辰造は井戸端で、弦次郎が部屋に入って行くのを見るともなしに見て思った。

金八や信吉、磯次、さらにほかの住人たちも、すでに仕事に出かけており、長屋の中はひっそりとしている。

すると、陣九郎が腰高障子を開けて出てきた。

「遅いお目覚めで」

辰造は、自分を棚に上げて言った。

「おう、寝すぎたようだ。もう五つ（午前八時）か」

陣九郎は、両手を空に向けて伸ばすと、大きなあくびをした。

「今日も暑くなりそうだな」

強烈な陽の光に、目を細め、うんざりしたように言う。

がたがたと腰高障子を開けて、

「おやおや、おふたりとも、おはようございます」

出てきたのは、三蔵である。さすがに占い師は早起きではない。夕方から夜にかけてが稼ぎどきの商売だから、早起きする必要がない。

井戸端で、おのおの顔を洗う。

からけつ長屋に、女房はいない。楊枝《ようじ》売りの夫婦がいたが、引っ越している。若い娘もいたが、輿《こし》入れしてしまっている。母親は亡くなっていて、父親も引っ越した。女っ気のない長屋である。

「女房どのたちが、井戸端で洗濯という光景が、この長屋にはないですな。うるさくなくてよいというべきか、男ばかりでむさ苦しいというべきか」

三蔵は、ひょこひょこと近寄りながら言った。

「お前が所帯を持てば、少しは華やぐぜ」

辰造が言うのへ、

「そういう辰造さんはどうなんですかい」

三蔵が切り返す。

辰造は、うっと詰まって言葉が出ない。

「あれあれ、いい人でもいるんですかい」

三蔵がからかうように言うと、

「うるせえ！」

辰造は怒鳴ると、自分の部屋へと戻ってしまった。

「おや……怒らせるつもりはなかったんですが」

三蔵は、頭をかくと、

「なにかご存じで？」

陣九郎に訊く。

「いや、知らぬ。いろいろとあるんだろう……」

「はあ、いろいろとねえ……あたしもありました」

三蔵は、遠い目をした。

武家屋敷の奥女中に三蔵が心を奪われたことがあるのだが、それは身分からして叶わぬ想いだった。

まだ去年のことである。

三蔵は、ふっと溜め息をつくと、

「ところで、まだ東吉は帰って来ないようですね」

東吉の部屋を見て言った。

「ああ、早く居場所を突き止めねばな」

陣九郎は、そうしないと手遅れになるような気がして焦《あせ》りを感じた。

その夜、五つ半（午後九時ごろ）に、陣九郎は辰造と志垣家下屋敷の賭場へと向かった。

辰造は、よし屋へ呑みに行ったが早めに切り上げてきた。顎の痛みもあるが、前夜の礼を言われて、かえって居心地が悪くなってしまったそうだ。

「お前が、気を失いながらも倒した男はどうした。意趣返しに現れたりはしなかったのかな」

陣九郎の問いに、

「あっしが帰るころまでは、なにもありやせんでした。お圭ちゃんが帰るときは、主人と板前が送り届けるからと言ってやしたから、大丈夫でやしょう」

辰造は、本当に自分が男を倒したのかとお圭に訊いたそうだ。

するとお圭は、

「そうよ。二人が組み合ったかと思ったら、辰造さんの拳が団助《だんすけ》の顎にごつんと当ったのよ。団助が倒れたと思ったら、辰造さんまでふらふらって……」

お圭は、辰造が気を失うとは思っていなかったそうだ。

「おかげで、あっしは名前を覚えてもらいやしたよ」

えへへと辰造は笑った。無邪気な子どものような笑顔だった。

「金壺まなこも、団助という名前だったのだな。お前よりも早く名前を知ってもらっていたというわけか」

「そいつが面白くねえんでやすよ」

辰造は苦笑した。

もっとも、団助は、お主に前からよく話しかけており、それで名前も覚えられていたそうである。

賭場では、また小金を適当に賭けた。負けてもよいが、大負けだけは避けたいと思っている。

そうでないと、夏までに曲斬りでためた金が底をついてしまうからである。

一刻経つまで賭けつづけ、陣九郎は厠へ立った。

空には雲が流れて、ときおり月を隠すほかは、明るかった。

中庭に面した廊下を歩くが、あの女は現れない。

急いで屋敷の中を探るが、東吉がいる手がかりは得られない。

(こんなことをしていても無駄だ。なにかほかの手はないものか)

さすがに手詰まりを感じ、陣九郎は険しい顔で戻って行く。

中庭の廊下を賭場へ戻るとき、また、あの口が裂けた女を見てみたいと思ったが、ついに現れなかった。

しばらくして、今度は辰造が厠へ立った。

あまり長く屋敷をうろついて、誰かに見咎《とが》められないか、陣九郎は気がかりで落ちつかなかった。

陣九郎は腕に覚えがある。万が一、剣呑《けんのん》なことになっても、ひとりなら強引に逃げることも出来ようが、辰造はそうもいくまい。

辰造には、博奕だけをしてもらってもよかったのだが、本人がぜひに東吉を探させてくれと言っていたのである。それを、陣九郎が止めることは出来ないでいた。

だが、あまりときが経たずに、辰造は戻って来た。

ふと顔を見ると、様子がおかしい。

青ざめており、手がかすかに震えているようだ。

(さては、辰造はあの女を見たのか。幽霊とも思えるあの女を)

陣九郎は、耳元まで口が裂けた女を目に浮かべた。

# 二

しばらく博奕を打っていたが、辰造はそわそわして、心はここにあらずといった様子だ。

(早く帰ったほうがよいかな……)

陣九郎が、そう思い始めたとき、

「ちょいとまた厠へ」

辰造が立ち上がった。

顔を見ると、思い詰めたような顔をしている。

(本当に厠へ行くのかと思ったが、どうも違うようだな……)

陣九郎は、訝《いぶか》しく思ったが、もちろん顔には出さずに、賭けをつづけた。

四半刻経っても、辰造は戻って来ない。

様子を見に、自分も立つべきか陣九郎は迷った。

一緒に来た者が、二人とも厠へ立つのは怪しいだろう。

どうするべきか思案していると……

「曲者《くせもの》だ、出会え！」

叫び声が聞こえた。

賭場の面々はなにごとかと浮足立つが、

「ここでじっとしていてくだせえ。お客さんたちには掛かり合いのないことです」

胴元《どうもと》らしき男が皆に言う。

数人の中間を残して、ほかの者たちは出て行った。曲者を捕らえるためである。

陣九郎は、その曲者が辰造かもしれないと危惧した。

そっと立って、出口へ向かう。

「お侍さん、あんたもここにいてくだせえ」

胴元が声をかけるが、

「厠だ。ここで漏らすわけにはいくまい」

かまわず陣九郎は外に出ようとするが、

「出ちゃあいけねえ」

前に大柄な中間が立ちはだかった。

「弱ったな」

陣九郎は、小鬢《こびん》をかいて苦笑いをする、

「むん」

右拳を中間の脾腹《ひばら》に見舞った。

中間は、目を反転させる。陣九郎は倒れるその体を支えて、そっと床に横たえた。

「な、なにしてやがる」

胴元が気づいて声を出したときには、陣九郎は外に出ていた。

刀は賭場である中間部屋に入ったときに預けてあるので、無腰である。

陣九郎は、廊下を中庭に向かって走った。

声が、中庭のほうで聞こえたような気がしたからだ。

中庭に面した廊下には、さきほどまで寝所で眠っていたとおぼしき武士が二人、寝間着姿で、刀を鞘ごと持って駆けつけてきていた。

中間部屋から駆けつけた中間たちも、そこにいた。

「曲者はどこでござる」

武士のひとりが、もうひとりに訊いた。

「さあて、こちらで声がしたのでやって来たのだが……」

訊かれた武士が首をかしげていると……

「曲者！」

中庭のほうで、怒鳴る声がする。

廊下にいた武士たちは、裸足《はだし》のまま中庭に降りて、声のするほうへ向かった。

中間たちがつづき、陣九郎もそのあとに中庭に降りた。

中間部屋から追いかけてくる者はいない。

胴元と、出口にいた巨漢と、あと二人くらいしか残っていないので、陣九郎を追うよりも、賭場の中を見張ることを優先したのに違いない。

中庭を皆が行ったほうへ進もうとしたとき、

「旦那、木暮の旦那」

小声だが、呼びかける声が聞こえて陣九郎は足を止めた。

すると、中庭に植えられた松の木の陰から、辰造が顔を覗かせて手招きをした。

「お前が曲者なのかと思ったが……」

辰造のそばへ行くと、陣九郎は声をひそめて言った。

「あっしじゃあねえんですよ。この庭で見たんでやすが……」

表情を硬くして辰造は応える。

気持ちの揺れを押し隠しているような表情だ。

辰造は、目をしばたたき、

「あっしは、自分の目で見たことが信じられねえんでやす」

武士たちの走って行った先を見た。

石灯籠の向こうは、こちらの建家と向こう側の建家が接しており、短い渡り廊下でつながっている。

渡り廊下をまたいだ向こう側は、裏庭になっていて、裏庭を突っ切ると隣の武家屋敷との境の塀になる。裏庭は、建家の陰になっていて、闇に沈んでいる。

そこで、武士や中間たちが、騒がしく蠢《うごめ》いているのが感じられた。

「上手く逃げおおせてくれればいいんでやすが」

つぶやくように言った。

陣九郎の問いに、

「お前の知っている者なのか」

「へえ、実は……」

辰造が言い差したときに、廊下を大きな音を立てて駆けてくる武士の姿が見えた。

初老の男で、絹織りの白い寝間着姿だ。濃い眉毛《まゆげ》が逆立ち、険《けわ》しい表情である。

陣九郎と辰造は、松の木の陰にしゃがみ込んで隠れた。

「おい！　どうなっておる」

男は、中庭に向けて怒鳴った。

すると、石燈籠の向こうから、駆けてくる足音が聞こえ、

「岩佐《いわさ》さま、怪しい者がいたのですが、姿を見失ってしまいました」

若い侍が、岩佐と呼ばれた男に駆け寄って応えた。

「なんのためにそやつは……」

「黒装束で身軽な奴でした。おそらく盗人《ぬすっと》でしょう」

「盗人？　こんな屋敷に忍び込む盗人がいるのか」

岩佐は、解しかねるのか首をかしげる。

「盗人の中には、武家の屋敷の見張りがゆるいゆえに、忍び込みやすいと言うものがいるそうです。金はないが、金目のものはあるとも」

「原田《はらだ》、お前、やけに詳しいではないか」

「それがし、町の道場に通っており、そこで八丁堀《はっちょうぼり》の役人と知り合いまして。その役人が、そのようなことを教えてくれたのです。そうした盗人がいるから、注意するようにと……ですが、すぐに忘れてしまっておりました。言われたことを肝に銘じておれば、すぐに捕まえることも出来たのでしょうに」

原田は、自分の責任でもあるかのように下を向いた。

「まあ、それはよい。なにも盗まれたものはないのだろうな」

「それは、朝になってみなければ、はっきりしたことは……ですが、なにも背負っていた様子もなく、手ぶらのようだったので、まだ盗みに入る前だったのではないかと思われます」

「そうか……奥のこととは掛かり合いはないだろうな」

「それはないと存じます。それはご案じなさることはないかと」

「うむ……では、ひきつづき曲者を探し出せ。万が一、逃げられたことが分かったら、警戒を怠《おこた》らずに、交替で休んでくれてけっこう」

岩佐は言い置くと、来た方向へと戻って行った。

(奥のこととはなんだ……)

陣九郎は、岩佐の歩き去った方向が、この屋敷の奥につづいているのだろうかと、ぼんやり考えていた。

原田は、すぐに石燈籠の向こう側へと消えて行った。

「ここに長くいるのはまずいな。博奕場へ戻るか」

陣九郎の言葉に、

「……ですが、どうにも気がかりで」

辰造が渋る。

「気がかり？　そうか、忍び込んだ者のことか。詳しく話せ」

「へえ。あっしの知ってる人なんでさ。知ってるもなにも、ここに来る前に、会いに行ったんでやすよ」

「なんだと。ここに来る前といえば、よし屋という居酒屋のことか。居酒屋の主人か板前か、あるいは客か……」

「いえ、そのどれでもないんでやして……」

辰造は、この中庭に入り込んだ者を、月の光ではっきりと見たという。

その者は、なんと、よし屋の看板娘であるお圭なのだと言った。

「お圭という娘が……それはまた妙なことだな。見間違いということはないのか」

陣九郎の言葉に、

「あっしも、初めは見間違いだろうと思って、じっと見てたんでやすよ。でも、どう見ても、あれはお圭ちゃんでした」

塀を乗り越えて庭に入り込んだときは、頭から顎まで、すっぽりと黒い覆面をしていたが、息苦しいせいか、覆面の口の部分を下に押し下げた。周囲を見まわして、誰もいないと安心したのだろうか、顔が見えたのである。

その顔が、どう見てもお圭に見えたと、辰造は言った。

「体つきもお圭ちゃんなんですよ。あっしは、廊下の隅で固まって見てたんですがね。お圭ちゃんは、廊下のほうに近づいてきて、それで顔もよく見られたんです。向こうからは、暗闇の中のあっしの姿は見えなかったのか、気づかなかったようで」

お圭が廊下に上がろうとしたときに、向こう側から歩いてくる武士が、お圭に気がついて大声を上げた。

武士は手燭《てしよく》を持たず、暗闇の中を歩いてきたので、お圭は気づかなかったのだろう。声がした途端、くるっと体の向きを変えて、石燈籠の向こうへと駆け出したのだそうである。

「叫んだお武家は、中庭に飛び降りて、お圭ちゃんのあとを追いやした。あっしも、つられて飛び降りて、あとを追ったのですが、屋敷中が起き出して、集まってきそうな気配がしやした。追いかけても、どこへ行ったのか分からず、これでは、あっしが捕まっちまうと思って、松のところまで戻って隠れていたんでさ」

辰造は、一気に話すと、ふうっと息をつき、

「お圭ちゃんがなんでこの屋敷に忍び込んだのか分かりやせんが、捕まらないことを祈るしかありやせん」

「まだ探しているような気配だ。上手《うま》く逃げたのではないか」

陣九郎は、辰造を励ますように言った。

「だとよいのでやすがね……」

辰造は、どうにも不安な様子である。

「ここに居つづけるわけにはいかぬぞ。博奕場に戻るか」

「へえ……」

辰造にしてみれば、武士たちが右往左往しているところへ行きたそうである。

だが、そこでお圭が捕まっていたとして、辰造になにが出来るわけでもないと、己自身が知っていた。

陣九郎にうながされ、松の木の陰から出て賭場に戻ろうとしたときである。

石燈籠の向こうが、これまでにも増して騒がしくなった。

すると、黒い影が石燈籠の脇をすり抜けた。

つぎの瞬間、黒い影は塀の上へ跳び上がった。

「待て！　曲者！」

屋敷の武士たちや中間たちが、中庭に殺到してきたときには、黒い影は塀の外へと飛び降りていた。

陣九郎は、月明かりに照らされた黒い影の顔を、一瞬だけだが見た。黒い覆面は、口に当てた部分を押し下げたままなので、目元から口元までが露《あらわ》になっていた。

辰造も見たようで、

「お圭ちゃん……」

思わず声に出していた。

陣九郎は、お圭を知らない。だが、いま見た黒い影の顔には見覚えがあった。

（なぜだ……）

戸惑いの表情を浮かべて、陣九郎は立ちすくんでいた。

三

陣九郎と辰造が、中庭で塀から飛び降りた黒い影を見た、少し前のこと……

東吉は、暗闇の中で目が覚めた。

なにやら外が騒がしい。

ドタドタと足音がして、夜中に何人もが慌ただしく行ったり来たりしている。

「曲者は、どこへ行った！」

耳元で怒鳴られた気がして、思わず起き上がった。

廊下を走っている武士が叫んだようだ。

廊下はすぐ近くではないが、寝ていると、音が異様に大きく聞こえるものだ。それで耳元で怒鳴られた気がしたのである。

東吉は、十畳ほどの座敷の一隅に、布団を延べて寝ていた。

その一隅は壁と格子に囲まれている。いわゆる座敷牢である。

格子の近くでは、見張りの武士がひとり寝ずの番をしているが、目をこすって立ち上がったところだった。

どうやら、眠くてたまらずに、つい横になって眠ってしまっていたようだ。

行灯《あんどん》はひとつ、武士の近くで周囲を照らしている。

すると、障子が開いて、

「奈倉《なぐら》、なにも変わったことはないか」

顔を覗かせた武士が、部屋の中を一瞥《いちべつ》して訊いた。

「は、はい……」

「ならよい。外が騒がしくとも、ここから出るでないぞ」

「承知しました。あの、なにがあったのでしょう」

「賊《ぞく》が侵入した。何者かは分からぬ。ここらあたりに来たところを追い詰めようとしたのだが、逃げられてしまった」

それだけ言うと、去って行った。

「やれやれ」

奈倉と呼ばれた見張りの武士は、障子を閉めながら、溜め息交じりで独りごつと、格子に近寄り中を覗いた。

「おい、起きてないで横になれ」

東吉に言ったときである。

行灯の明かりの届かない奈倉の背後の闇が大きく膨らんだように、東吉には感じられた。

「うぐっ……」

奈倉は呻《うめ》くと、格子の前で倒れ込んだ。

東吉は、なにごとかと目を見開いていた。すると、奈倉の背後の闇がさらに膨らみ、格子の前を覆った。

闇には、目があった。じっと東吉を見て、

「あんた、なんでこんなところに閉じこめられているんだい」

押し殺した低い声で訊く。

東吉は、起き抜けでぼんやりしていた目が慣れてきて、格子の前に黒装束の者が片膝を立てて、こちらを覗き込んでいるのが分かった。

「お、俺にも分からねえんだよ。わけも教えてもらえねえんだ……あんたは、いってえ誰なんだい」

「俺のことなんかどうだっていい。それより、この屋敷に、若い……そうだな、十六、七の娘はいるか」

黒装束の問いに、

「ああ、いるぜ」

東吉がうなずいたときである。

「おい、奈倉……」

いきなり障子が開いた。

黒装束は、その途端、障子に向かって跳んだ。

ようやく寝起きの目が慣れてきたとはいえ、まだ眠気の残った東吉には、まさに目にも止まらぬという速さだった。

障子のところで、武士が倒れ、黒装束の姿は部屋から消えていたのである。

「いたぞ、曲者だ！」

部屋の外で大声がして、どたばたと足音がけたたましく響いた。

（いまここから出られたら、逃げ出せるのになあ……）

東吉は、格子を揺すってみたが、どうにもならない。

舌打ちすると、東吉はごろりと横になった。

（いまの黒装束だが、己《おのれ》のことを俺と言ってたな。どうも……）

そぐわない気がしたのである。

わざと低い声を出していたような気がする。そして、なんとなく、黒装束が女、しかも若い娘のような気がした。

（気のせいかな……まあ、どっちにしろ、俺には掛かり合いはねえか。いつになったら出られるんだろうなあ……ひょっとして殺されるのか）

そう思うとぞっとする。眠気など吹っ飛びそうになるが、それも一瞬のことだった。相変わらず外は騒がしかったが、東吉は眠気に負けて鼾《いびき》をかき始めた。

それよりしばしあとのこと。

塀から飛び降りた黒い影を見て、賭場へ戻る途中、庭にたたずんでいた陣九郎と辰

造だが、

「まずい。隠れよう」

松の木の陰に戻ろうとしたとき、

「おい、おぬしら、ここでいったいなにをしておる」

黒い影を追いかけてきた武士のひとりに見つけられてしまった。

「その……中間部屋で博奕をしておる者だ。厠で用を足したあとに、なんだか騒がしいので、ついついつられてやって来たのだが」

「庭に、裸足《はだし》で降りているのはなぜだ」

目ざとく足元を見て、武士は怪訝《けげん》な顔をする。

「庭の向こうが騒がしくて、なんだろうと降りてしまったのだ」

陣九郎の応えを、武士は納得出来なかったのか、

「その木の陰に隠れようとしていたのは、なぜだ」

険しい表情になって問い詰めた。

「いま、黒装束の者が庭に現れたので、思わず隠れようとしてしまった。なぜか怖くてな。いまの黒装束の者は盗人なのか」

陣九郎は、目を丸くして興味津々といった表情で訊く。

「………」

武士は、陣九郎の胸のうちを透かし見るように、じっと睨《にら》み付けている。

「そうだ、盗人だ。妙に身が軽くて捕まえられなかったそうだ」

ふいに廊下から声がした。

岩佐という初老の武士が、さきほどと同じ廊下に立っている。

「武家屋敷に忍び込むなど、度胸のよい盗人ですな」

陣九郎の言葉に、

「そうだな。しかもひとりで忍び込むとは、命知らずと言うべきか。おぬしらも、そんなところで見物しているとは、よい度胸だ。ここは、直参旗本の下屋敷なるぞ。中間どもが勝手に博奕をやっているのを、いまのいままで知らなかったのは不覚というものだが、中間の部屋ではなく、屋敷内に勝手に立ち入るとは、まことにもって傍《ぼう》若無人《じゃくぶじん》、無礼極まりないこと。斬り捨て御免《ごめん》でも、文句は言えまい」

岩佐は、容赦のないきつい声音で言った。

その言葉に、武士たちの手が一斉に刀の柄《つか》を握った。

博奕をやっていることを知らないなどと、嘘八百もよいところだと、陣九郎は思ったが、そんな文句を言っても始まらない。

「おいおい、そんな剣呑なことは言いっこなしだ。ほれ、俺なんか無腰だろ」

陣九郎は、腰に刀を差していないことを示し、

「おまけにこの男は、ただの遊び人だ。俺たちを斬ったところで、刀の錆《さび》にこそなれ、なんの得にもならぬぞ。いや、弱い者を寄ってたかって斬ったとなると、直参旗本の名がすたるってものだ」

「ええい、黙れ！」

近くにいる武士が、血相を変えて、刀を抜こうとした。

「まあ、まて」

岩佐は武士を制し、

「おぬしも口が過ぎるぞ。わしは斬り捨て御免でも文句は言えまいと言ったまでで、そうするとは言っておらん。それなりの礼節はわきまえてもらいたいということだ」

陣九郎を見て言う。

「承知した。今宵の無礼は平にご容赦《ようしゃ》たまわりたい」

陣九郎は、深々と頭を下げた。辰造もあわてて同様にする。

「ふむ、物分かりがよくなったの。博奕はもうつづけなくともよいな」

暗にもう帰れと、岩佐は言っている。

「また博奕場へ戻って賭けるつもりはないが、預けた差料《さしりょう》だけは返していただけないだろうか。少し勝っていたが、その金も要《い》らぬ」

陣九郎の言葉に、

「おい、原田はいるか」

岩佐の呼び声に、武士たちの中から、さきほど見かけた若い武士が出てきた。

「ここにおります」

「おぬし、この浪人者の差料を取ってきてくれ」

「はっ」

原田が中間部屋へ向かうと、

「名前を聞いておこうか」

陣九郎に岩佐は言った。

「木暮陣九郎と申す。この男は辰造」

「もう中間部屋で賭場を開くことは止めさせるが、万が一、また博奕が行なわれることがあったとしても、そのほうらの立ち入りは、まかりならぬ。見つけたときは、今度は容赦なく斬り捨てるから、心に留め置いておくことだ」

岩佐の言葉に、

「承知した。博奕などで立ち入りはせぬ。なあ、辰造、お前もだな」

「へえ。ここへ博奕をやりに来るのは止めやす」

二人が請け合っていると、原田が陣九郎の大刀と脇差《わきざし》を持ってきた。気が利くようで、二人の履物も持っている。

陣九郎と辰造は、岩佐に一礼すると、原田の先導でその場をあとにした。

原田は、門ではなく、庭の潜《くぐ》り戸のところへ案内すると、鍵を開けてくれた。そこから陣九郎と辰造は出た。

「岩佐どのに誓ったこと、くれぐれもお忘れなきよう」

釘を刺す原田に、

「武士に二言はござらぬ」

陣九郎は応えると、辰造とともに夜の道を歩き去った。

陣九郎と辰造は、大川端を歩きつづけて両国橋まで出た。

初めは、二人を尾《つ》けている気配があったが、途中でなくなっていた。また博奕をしに、下屋敷に逆戻りしはしまいかと、念のために尾けていたのに違いない。

両国橋を渡ると、からけつ長屋のある相生町へは向かわず、一ッ目之橋を渡った。

向かう先は、お圭のいる松井町である。

辰造は、お圭の住む長屋へ行ったことはないが、場所の見当がつくと言った。

ともかく、居酒屋よし屋の近くであることはたしかである。

「あれはぜったいにお圭ちゃんでしたよ」

辰造には確信があった。

そして、陣九郎はというと……

(あの黒装束の者の顔には、見覚えがある。いや、たいそう似ているというべきか)

思い出すひとつの顔があった。

それは、耳元まで口が裂けた女の顔である。

志垣家の中庭で見た、幽霊のような女の顔に、黒装束の顔は似ていたのである。

(なぜ、お圭と幽霊のような女の顔が似ているのか……いや、その前に、なぜお圭が武家屋敷に忍び込んだのか……そもそも、お圭とは何者なのか)

陣九郎の頭の中では、いくつもの不可思議な謎が、ぐるぐると渦巻きのようにまわっていた。

四

居酒屋よし屋の前を通り、しばらく行ったところで、辰造は立ち止まった。

「ここらの路地を入ったところだと思うんでやすが……」

路地の暗がりを見て言う。

以前、辰造は、かなり明るいうちによし屋の近くまで来てしまい、もう少しあとに店に入ろうと、辺りをぶらぶらしていたことがある。そのときに、お圭が路地から出てきたのを見たことがあるのだそうだ。

「もうお圭は帰って来ているだろうが、眠ってはおるまい。灯のついている部屋を探そう。この刻限だ。ほとんど灯のついている部屋はないだろう」

九つ半（午前一時）をすでにまわっている。

足音を忍ばせて、二人は路地に入って行った。

木戸は閉まっているが、横の潜り戸から入ることが出来る。

ただし、潜り戸は、木戸番が鍵をかけてしまって、声をかけなければ入れないことになっていた……が、それは建前で、実際は鍵がかかっておらず、自由に出入りできるところが多かった。

そうでないと、遅くなった者が、いちいち木戸番を起こして開けさせるので、たまったものではないのである。

木戸を潜ると、陣九郎と辰造は、両側に立ち並ぶ棟割《むねわり》長屋を見まわした。すると、右前方に灯のともっている部屋があった。

その部屋に向かって、陣九郎が先に、音を立てないようにして、どぶ板を踏んで進んだ。

だが、どうしてもギシッギシッと踏みしめる音が立つ。

ともっていた灯が、ふっと消えた。

(気づかれたか……)

陣九郎は立ち止まった。辰造も足を止める。

「なにもこそこそすることはなかろう」

陣九郎は声に出して言うと、今度は普通に歩いて部屋の前まで歩いた。

深夜なので、二人がどぶ板を踏む音は大きく響く。

部屋の前まで来ると、辰造を前に立たせた。

声をかけろと、陣九郎は辰造に身振りで示す。

辰造は、こほんと咳払《せきばら》いをすると、

「あ、あっしは、辰造だ。よし屋の客の辰造だが……その、話があるんだ。開けてくれねえかな」

腰高障子の外から、訴えかけるような調子で話した。

しばらくすると、中で人の動く気配がして、

「辰造さん……どうしたの、こんな夜中に」

お圭の声がした。

「驚かねえでもらいてえんだが、今夜、あっしは志垣さまの下屋敷で、お圭ちゃんを見たんだよ。あれはお圭ちゃんだろ」

「あたしはずっとここにいたよ」

「そんなはずはねえ。あっしがお圭ちゃんを見間違うはずがねえんだ」

「でも……」

「頼むよ。嘘はつかねえでくれ。悪いようにはしねえからさ」

辰造の言葉に、無言がつづいた。

(どうしやす?)

我慢仕切れなくなって、辰造は陣九郎を見た。

陣九郎は、もう少し待てと、手で制す。

すると、しばらくして、

「そこにもうひとりいるようだけど、誰なの」

お圭の押し殺した声がした。

「木暮さまっていって、俺と同じ長屋に住んでるご浪人なんだ。わけあって、一緒に志垣さまの屋敷へ行ったんだ」

「なぜ、屋敷に」

「博奕を打ちにだよ。だけど、本当の狙いは別にあったんだ」

「なに言ってるのか、分からないよ」

「だから詳しい話を聞かせてえんだ。中に入れてくれねえか」

「…………」

お圭は、戸惑《とまど》っているのだろう。また無言になる。

陣九郎は、辰造の隣に立つと、

「俺が木暮だ。実は、長屋の者が行方知れずになっておってな、あの屋敷にいるのではないかと探っていたところ、辰造がお圭どのを見たのだ。お圭どのが、どのようなわけがあって忍び込んでいたのか、そのわけは無理には訊かぬ。ただ、屋敷に捕らわれていた男がいなかったかどうか、それを教えてはもらえぬか」

部屋の中のお圭に向かって、小声で話した。すると……

「分かった。入っていいよ」

心張り棒が外れる音がして、腰高障子が開いた。

部屋の中は、真っ暗だが、すぐに行灯に火がともされた。

独り暮らしらしく、娘にしてはあまり物のない部屋だった。

色の白い切れ長の目の町娘が、そこに座っていた。

（やはり、似ている……）

口が耳元まで裂けていて、目が虚ろなら、屋敷の庭で見かけた幽霊とも見える女にそっくりなのである。

「なにもおかまいできないよ」

お圭は、上がって座るように手で指し示した。

「そんなことはいいんだ。あっしは、あの屋敷で、お圭ちゃんを見て驚いたぜ。なんで、あんなことしてんだい」

座りながら、辰造は訊いた。

「それは言わなくてもいいって、さっきお侍さんが……」

お圭は、陣九郎を見た。

「うむ。どうしても嫌なら、言わなくてよい。屋敷の中に、捕らわれている男はいなかったか」

陣九郎は辰造の横に座る。二人で、お圭と向かい合う形だ。

「いたよ。広い部屋の隅っこに、格子で囲われたところがあって、その中に男の人がいたよ」

「ど、どんな男だったい」

辰造が詰め寄る。

「そうだね……顔が四角くて、目が垂れてた。それに、髭が汚く伸びてたよ」

「東吉だ！　顔は顎が張ってたしかに四角い。しかも垂れ目だ。髭は、剃ってねえんだろうぜ」

辰造は、興奮して唾を飛ばす。

「夜更けなんだから、大きな声出さないで」

「す、すまねえ」

お圭に叱られ、辰造はしょげ返る。

その様子を見て、陣九郎はにやっと笑うと、

「もう少し詳しく話してはくれぬか。部屋の様子や、その部屋がどの辺りにあるかだが……」

「うん……部屋の中には、お侍がひとりいたよ。番をしているみたいだった。あたしは、格子の向こうに誰がいるか知りたくて、そいつをやっつけたんだ」

「やっつけたというのは……」

「気を失わせたんだよ」

「当て身でも食らわせたのか」

「そうだよ」

陣九郎と辰造は顔を見合わせた。

とくに辰造は、なにやら合点《がてん》がいったようである。

「格子の向こう……座敷牢だろうが、その中にいた東吉の様子はどうだった。病に罹《かか》っているようなことはなかったか」

陣九郎の問いに、

「暗かったから、よく分からないけど、病に罹ってる様子はなかったよ。ちょっとやつれてるように見えたけど、普段を知らないから、なんともいえないよ」

「ふむ……では、その部屋だが、屋敷のどこら辺りにあるのかな」

お主は、部屋の隅に置いてある行李《こうり》を開けて、中から料紙と筆と墨《すみ》を取り出した。

料紙を広げて、慣れた手付きで屋敷の絵図面を描いていく。

「ここだよ」

筆で丸を描くと、中を黒く塗りつぶした。

そこは、屋敷のもっとも奥まったところにあった。

その向こうは、隣の武家屋敷の塀になる。

「あの男の人を助け出そうってのかい」

お主の問いに、

「ああ、同じ長屋の仲間だからな。放ってはおけねえよ」

辰造が応えた。

東吉が捕らえられている部屋へ行くには、表門の近くの塀を越えて忍び込み、屋敷の中の廊下を、なんども曲がって奥へ行くか、隣の武家屋敷の庭から塀を乗り越えて裏庭に入り、そこから渡り廊下の近くの奥の部屋へ入り込むかである。

「庭を突っ切って、奥へ入りこむのがもっともよいか」

陣九郎は、絵図面を見て言った。

「ちょっと待って」

「あたしがそうしたんだ。なんだか、奥のほうが怪しい気がしてさ。でも、そのために、お侍たちがこれからはたくさん見張ってるんじゃないかな」

「そうだな。ともかく、早く救い出さねば、どうなるか分かったものではない。あの武家屋敷の連中がなんのために東吉を捕まえているのかが分からぬからな」

「訊いてみたらよかったんじゃないの」

お主の問いに、陣九郎は苦笑いすると、

「それはよい方法とは言えぬ。訊くことによって、東吉を探していることが露顕《ろけん》してしまう。となると、東吉をどこかへ移されたり、もっとも悪い場合は、東吉の命さえ危ういかもしれぬ」

「そ、そんな……」

お主の顔に一瞬怯《おび》えの色が走る。

だが、一瞬だ。すぐに普通の顔色に戻ったことから見ると、なんども修羅場《しゅらば》をくぐり抜けてきた娘のようである。

「奴らの狙いが分からぬ以上、どんなことも起こり得る。なるべく早く救い出すことに如《し》くはない。もう屋敷へ博奕をしには行かぬと言ったが、ほかのことでも行かぬとは言ってはおらぬからな」

武士に二言はないと言ったが、これならその言葉に背いてはいない。

陣九郎は、絵図面をもらえないかとお主に訊いた。

「いいよ。その代わり辰造さん、あたしがあの屋敷に忍び込んだこと、ぜったいに誰にも言わないでいてくれない」

お主は、両手を合わせて、辰造に頭を下げた。

「あ、ああ、もちろんだとも。そんなこと誰にも言わねえよ。ぜったいに」

辰造の言葉に、お主はほっとした顔になる。

だが、すぐに陣九郎に顔を向け、

「お侍さんは、あたしと初めて会うけど、このこと、内緒にしてくれませんか」

念を押した。

「うむ、承知した。ところで、なぜ、黒装束に身を包んで、あの屋敷に忍び込んだのかだが、やはり教えてはくれぬのかな。屋敷の奥が怪しい気がしたと、さきほど言っていたが、なにを探していたのだ」

陣九郎の問いに、

「無理には訊かないと言ったよね」

お主は、陣九郎を睨《にら》む。

「そうだ。だが、気になることがあるのだ」

「なにが気になると言うんです」

「何日か前に、あの中庭で、俺は女を見た」

「女……」

お圭の顔がはっと張り詰める。

お圭が屋敷に忍び込んだ理由と、なにかつながりがあるようだ。

「若い娘だ」

陣九郎は、お圭を探るように見ながら言った。

「そ、その娘は、どんな風でした」

「それは……」

わざと、陣九郎は言葉を切って焦《じ》らした。

お圭は、固唾《かたず》を飲んで、陣九郎のつぎの言葉を待っている。

辰造は、陣九郎から、庭で見た女の話を聞いて知っている。

だが、これから陣九郎がなにを話すのか、それについては知らない。辰造も、陣九郎の言葉を、お圭と同じ思いで待っていた。

五

陣九郎は言葉を切ったあと焦らしていたが、お主が我慢しきれない表情を浮かべるのを見て話し出した。

「あの武家屋敷の庭では、以前にも女を見た者がいた。博奕場に来ていた客だったようだが、その男は、見たのが幽霊だと思ったらしい」

「幽霊……」

「うむ。俺も、見たときは驚いた。幽霊と思ってもおかしくはない。なぜなら、目が虚ろで、口が耳元まで裂けて見えたのだ」

「………」

お主は、思いもかけないことの成り行きに、胡散《うさん》臭そうに陣九郎を見た。

「さらに、奇妙なことがある」

「奇妙とは……いったいなんです」

「その娘の顔がな……」

陣九郎は、人差し指を立てると、まっすぐにお主に向けた。

「お圭どのに、そっくりなのだ」

「ええっ！」

これには辰造も驚いた。

幽霊のような女を見たことまでは知っていたのだが……。それもそのはず、陣九郎がお圭を見たのは、今夜が初めてなのだ。

「あたしにそっくり……」

お圭は、辰造ほどには驚かず、代わりに、思い詰めた表情になる。

「なぜ、あの屋敷の幽霊まがいの、いや本当の幽霊かもしれぬ娘と、お圭どのが似ているのかな。それは偶然のことなのか。なにか、思い当たる節でもあるのではないか。もし、話してくれたら、どうせ忍び込んで東吉を助けるのだ。ついでに、なにか手を貸してやってもよいぞ」

陣九郎は、ここぞとばかりに話した。

それは、奇妙な謎の真相を知りたいという欲求からだ。

志垣家の下屋敷は、どうにも怪しげで胡散臭く、東吉を救い出すだけでなく、その胡散臭い元を暴いてやりたいという気持ちがむくむくと湧いてきたのである。

「別に、なにもしてもらいたいことはありません。ただ、たしかめたかっただけだから……」

お圭は、下を向いて唇をかんだ。

「たしかめたかったこととは……」

陣九郎の問いに、お圭は応えず、下を向いたままである。

「も、もういいよ、お圭ちゃん。木暮さま、お圭ちゃんが話したくないってんだから、もういいでやしょ。それよりも、どうやって東吉を救い出すかを思案しなくっちゃなりやせんぜ」

辰造が、お圭の様子を慮《おもんぱか》って言った。

「そうだな。いや、失礼した。人には人の事情があるのに、つい気になって踏み込み過ぎたようだ。この絵図面、かたじけない。では、これで失礼いたそう」

陣九郎は、辰造をうながして立ち上がろうとした。

すると、お圭は顔を上げ、

「お話ししてもよいです。その代わり、東吉さんという人を救い出すのに、あたしも加えてください。あたしも、なんで人を捕らえているのか、あの屋敷のことについて、もっと知りたいから」

必死な面持ちで言った。

「……おなごを危ない目に遭わすのは本意ではないのだが」

「そうでやすよ」

陣九郎の言葉に、辰造がなんどもうなずく。

「あたしは、そんじょそこらの娘とは違います。だって……」

お圭は、自分は盗人だと言った。

「ぬ、盗人!?」

「しっ、声が大きいよ」

お圭にまた叱られて、辰造は口を自分の手でふさいだ。

「あの身軽さは、盗人だからなのか」

陣九郎は、納得するものがあり、お圭の顔をまじまじと見た。

「とはいっても、お父《とう》が亡くなってからは、足を洗ったようなものだけど」

お圭に盗みを教えたのは、父親なのだそうである。

父親は、徒党を組まぬ盗人で、ムササビの平次《へいじ》といえば、盗人の世界では知らぬ者のない男だったそうだ。

平次はその盗みの手口を、ひとり娘のお圭に教えたという。

母親は、お圭がまだ幼いころに、流行《はや》り病で亡くなったと知らされていた。

ところが……

「お父も半年前に流行り病に罹って亡くなったんだけど、死ぬ間際に、お前は本当はお父の子じゃないって言い出したんだ」

お圭は、なにも言わずに黙っていてくれたらよかったと言いつつ、

「でも、お父は、隠しているのが辛かったみたいで、すべて話したら、ほっとした顔になって息を引き取ったんだよ」

父親の最期を思い出したのか、お圭の目にはうっすらと涙が浮かんだ。

平次は本当の父親ではなかった。さらに……

「お父は、所帯なんか持ったこともないんだってさ。驚いたのなんの。じゃあ、あたしの二親《ふたおや》は誰なのかって思うよね。二親は、お武家だって。しかも偉い旗本の殿さまと奥方だっていうじゃないか……」

お圭は、死病に侵されて、父親の頭がおかしくなったのではないかと思った。

だが、父親の平次はかまわずに話しつづけたという。

「あたしは、生まれてすぐに、里子に出されたと、お父は言うんだ……」

里子に出された先は、日本橋の大店だったという。

その大店を、凶悪な押し込みの盗賊たちが襲い、主人の家族と奉公人たちは、すべ

て殺されてしまった。

その店には直前に、平次がひとりで盗みに入り込んでいたが、異変に気付き素早く身を隠していた。

盗賊たちは、手代《てだい》の手引きで入り込み、まずその手代を斬り捨てた。それを物陰から見ていた平次は、

「は、話が違うじゃありませんか。わ、私は殿さまのために……」

と、いまわの際に手代が言うのを聞いた。

(殿さまとは、いったい誰のことだ……)

奇妙な気がした平次は、物陰から物陰へ隠れて、賊たちの様子をうかがった。

すると、賊たちは、つぎつぎと部屋に入り、容赦なくそこに寝ている者たちを殺していくではないか。

空恐ろしくなった平次は、逃げ出そうとしたのだが、賊の数は多く、見つからずに店の中を動いているのがやっとだった。

そのうち、店の奥の間に入ってしまい、そこに赤子が乳母《めのと》とともに寝ていることに気がついた。

乳母は、平次が入って来たことに気がつき、枕元の懐剣を抜いて身構えた。

町家の者でない気魄《きはく》が乳母にあった。

武家育ちの女ではないかと、平次は思いながら、

「お、俺は盗人だが、お前たちにはなにもしない。だが……」

賊たちが押し入って、つぎつぎと店の者を殺していることを告げた。

すると、乳母は、思い当たることがあるのか、

「やはり恐れていたことが……」

と、つぶやき、懐剣を納めると、平次に頼みがあると言ったのである。

「この赤子を連れて逃げてください。詳しいことは、ここに書いてあります」

すでに用意してあった料紙を平次に渡した。

「そ、そんなこと言われたって……」

平次は、固辞したが、

「賊たちの狙いはこの子です。この子の命を助けてください。後生ですから」

必死に頼まれた。しかも、頼みを聞いてくれなければ、この場で自害するとまで言い出す始末であった。

「ちょいと待ってくださいよ……」

煮え切らない平次に、乳母は懐剣を再び抜いて、自分の喉に突きつけた。

「わ、分かりましたよ。店の外に出せばいいんでやすね。そんで、この子をどこかに預けてもいいのなら」

「それでよいです。お願いいたします」

乳母に平伏され、平次は赤子を抱いて、店から逃げ出すことになったのである。

幸い、天井裏に賊は入って来てはいないようなので、平次は天井裏を伝って、屋根に出て、屋根づたいに店から逃げ出したのであった。

あとで、日本橋の大店にいた者は、皆殺しにされたことを知った。

金が盗まれていたようだが、そのときはさほど金が置いてあったわけではなかった。人殺しが目的にも取れるほどの凄惨《せいさん》な手口だったのである。

平次は、乳母から渡された料紙を開いて読んだ。

すると、そこには、驚くべきことが書いてあったのである。

平次は、赤子のことが不憫《ふびん》で、誰に預けるでもなく、自分ひとりの手で、その赤子を育てることにした。もちろん、長屋の女房たちに乳を分けてもらい、いろいろと手助けをされながらではあったのだが。

「どんな驚くようなことが、料紙には書いてあったのだ」

陣九郎の問いに、

「ちょっと待って」

お圭は、また行李の前へ行くと、中の物を出し、底にある物を取り出した。

それは、黄ばんだ料紙だった。

「これを読んでもらったほうが早いよ」

料紙を、陣九郎に手渡した。

陣九郎は、料紙を広げると、辰造に聞こえるように読み上げ始めた。

# 第三章　与次郎《よじろう》の想い出

一

陣九郎が読み上げた料紙には、お圭の身の上にまつわることが書いてあった。

旗本志垣左門之丞の妻である寿美代《すみよ》は、左門之丞の子どもを身籠《みご》もり、無事に出産をしたのだが、その子は双子だったのである。

双子は畜生腹《ちくしょうばら》と言われ、不吉だと忌《い》み嫌われた。

畜生腹というのは、二匹以上の子を産む動物と同じだという意味である。

生まれた双子が男と女であれば、心中した男女の生まれ変わりといわれ、同性の子なら、先に生まれた子は夜叉子《やしゃご》、あとに生まれた子は菩薩《ぼさつ》子とされ、夜叉子が間引かれたり、捨てられたりしない場合は、あからさまな差別がされた。

あとに生まれた子が、兄、姉とされた。

商家や武家の場合、夜叉子は、ひそかに里子に出すことが多かった。

志垣家では、双子の娘が生まれたので、夜叉子である妹を里子に出した。それがお圭で、出入りの商家に里子に出された。いくら畜生腹の子でも、母親としては愛《いと》おしく、裕福な商家にもらわれたのは、唯一の慰《なぐさ》めだった。ところが、左門之丞は、この事実が漏れてしまうことを恐れていた。寿美代は不安を感じて、里子に出すときに、乳母《めのと》も商家へ入らせたのであった。

乳母は、万が一なにかあったときのために、料紙に事情をしたためて、誰かの助けを求めようとしていたのだが……。

商家を襲った盗賊が、志垣左門之丞の命を受けたものかどうかは分からない。だが、皆殺しの賊は赤子でも容赦はしなかったはずだ。

平次が偶然にも忍び込んでいなければ、お圭の命はなかったろう。

商家の里子にもらわれたころの名前は、お圭ではなく、美代《みよ》といった。お圭というのは、平次がつけた名前であり、同じ名前だと、商家から消えた赤子と分かってしまうことを恐れたのである。

料紙に書いてある文字を読み上げ終えた陣九郎は、

「すると、あの屋敷で見た娘は、ひょっとしてお圭の双子の姉ということになるのか」

「幽霊なら、もう死んでることになりやすが」

辰造の言葉に、

「縁起でもないことを言うな」

陣九郎がたしなめ、辰造は、

「悪いこと言っちまったな、すまん」

お主にぺこりと頭を下げた。

「あたし、あの屋敷に姉さんがいる気がした。きっと生きてるよ」

お主は、うんとひとりでうなずく。

「なんで、そんな気がするんだい。しかも、一度も会っていねえんだろ」

辰造が首をひねって言った。

「なんでかなんて、分からないよ。なんとなくそんな気がするだけなんだ」

お主は、自分でも奇妙だと言った。

「志垣どのの下屋敷に、忍び込んでまでして、なぜ姉さんに会おうとしたのだ」

陣九郎の問いに、

「お店の客がさ、あの屋敷に若い娘の幽霊が出るっていう噂があるって話してたんだ。あたしも話に加わって、見た人は酔っぱらってたんじゃないのって笑い飛ばしてたんだけど、娘があたしぐらいの歳で、その屋敷が旗本の志垣さまの下屋敷だと知って……」

ひょっとしたら、その幽霊は、生まれて離ればなれになった双子の姉ではないかと気になったのだそうである。

志垣家の下屋敷で幽霊を見たと思った遊び人の五助は、あちこちで言いふらしていたようだ。

「あたしは捨てられた子だから、志垣さまとは掛かり合いはないよ。でもさ、産んでくれた母親もだけど、双子の姉さんには、ひと目会いたい気がしたんだ。もし幽霊になっていてもね」

お圭は、話したあと、首をなんども振って、

「ううん、会わなくてもいいんだ。一度だけ……一度だけでいいから、姉さんを見たかったんだよ。だってさ、お父が残してくれた紙には、あんなこと書いてあったけど、本当にあたしの身の上に起こったことなのかどうか……」

それをたしかめたかったのだと、お圭は言った。

もちろん、出来れば、血のつながった姉と会い、言葉を交わしたいとも思ってい

る。だが、それは望んで叶えられるものではないことは分かっている。

「それで、あの屋敷に、姉がいる気配はしたのだな」

　陣九郎がたしかめると、

「そうだよ。幽霊なんかじゃなく、生きている気がしたんだ。でも、見つけられなかった。代わりに、東吉さんていうのかい。捕らわれてる男の人に会ったんだよ」

　お圭は、一緒に東吉を助けに入って、もう一度姉を探したいのだそうだ。

「足手まといにはならないよ。もし、あたしが捕まりそうになっても、気にしなくていいからさ。東吉さんを助けて逃げていいよ」

「そんなことが出来るわけねえじゃねえか。ねえ、木暮の旦那」

　辰造が、口をとがらしてお圭に言う。

「そうだ。だが、あの身の軽さからすると、足手まといにならないという言葉は本当だろう。ひょっとしたら、捕まるのは俺たちかもしれぬな。だとしたら、俺たちにかまわずに逃げてくれよ」

　陣九郎の言葉に、

「そうかい。じゃあ、お言葉どおりに遠慮なく逃げるからね」

「ちゃっかりしてらあ」

辰造の言葉に、お圭は、このとき、初めて二人の前で笑った。

「あんなにすばしっこくて、盗人の腕を磨いていたんなら……ひょっとして、俺が団助に殴られたとき、団助は俺が殴り返したんじゃなくて、お圭ちゃんがやったんじゃ……」

辰造は、お圭の顔をまじまじと見た。

「へへっ」

お圭は、舌をぺろっと出し、

「でも、それは、お店の人たちには内緒にしてよ。辰造さんがやっつけたってことにしといてね」

両手で拝む真似をした。

辰造は、なんとも複雑な表情だったが、拝まれて頭をかいて、

「そんな風に頼まれちゃあ、嫌だなんて言う奴はいねえよお」

なんだかでれでれとして応えた。

東吉救出を決行するのに、翌日の夜では、前夜のことがあるから見張りが厳しいに違いない。

だが、一日遅れれば、それだけ東吉の身が危うくなるような予感があった。

東吉がなぜ捕らわれているのかの理由が定かでない以上、悠長にかまえているのは不安だったのである。

「救い出すのは夜中ではなく、陽が昇るか昇らないかのころあいがよいだろう。夜が明けそうになり、気もゆるむころだ。居眠りする奴もいるだろう」

陣九郎の言葉に、辰造もお圭もうなずいた。

細かな打ち合わせは、からけつ長屋の連中を交えてすることになった。

お圭には、よし屋が終わってからからけつ長屋へ来てもらうことになり、陣九郎と辰造はお圭の部屋を出た。ときは、未明に近かった。

帰る道すがら、辰造はつい顔がにやけてしまうのを止められない様子だ。

「なにをにやついているのだ」

陣九郎の問いに、

「えへへ、いや、なに、あんなにお圭ちゃんと話せて、しかも他人にはなかなか話せないようなことも話してもらったんで、なんだか嬉しいんでやすよ」

まるでお圭の心を射止めたような喜びようである。

「お圭ちゃんは、あっしには、なんの気もないでしょうがね」

ふと寂しそうな顔になる。

「う……む、それは分からぬぞ」

「そうでやしょうか」

「まあ、端から諦めることはないだろう」

陣九郎に言えることはそれだけだった。いい加減なことは言えない。

からけつ長屋に着いたころには、東の空が赤く染まり出していた。

「今日も暑くなりそうだな」

陣九郎は、空を見上げてつぶやいた。

二

からけつ長屋の連中には、もっとも早く起きた金八に、早く帰って来てもらいたい旨、言づけておいた。

昼過ぎに陣九郎は起き上がると、辰造を起こして一膳飯屋へ行き、腹を満たした。

そして、そのあとは二人で、小間物屋などへ向かい、東吉救出に必要なものを買い揃《そろ》えていった。

夕刻になり、陣九郎の部屋に、辰造はもとより、金八、磯次、信吉、三蔵が集まってきた。

腹が減ると、三蔵が台所に立ち、冷や飯に焼いた鰯《いわし》、香の物の夕餉《ゆうげ》を振る舞った。

六人で角突き合わせて、東吉を救い出す算段をする。

とはいっても、あまり皆、よい思案は浮かばない。

けっきょく、陣九郎の考えに皆同意し、少しだけ酒盛りとなった。

夜が更けてくると、辰造がよし屋へ向かった。

お圭を連れてくるのである。夜道の一人歩きは物騒なのと、団助がまたつきまとうかもしれないからであった。

もっとも、お圭ひとりで充分、団助ほどの男なら撃退できるのだが、辰造がついていたほうが、余計な争いを生まずに済むと踏んだからである。男と一緒なら、通りすがりの男も妙な気を起こさないだろう。

無事にお圭を連れて辰造が現れたのは、四つを過ぎていた。

辰造は、いつになく上機嫌だ。二人きりで短いあいだだが、一緒に歩いてきたことが嬉しかったようである。

見たこともないような辰造の幸せそうな顔に、長屋の連中は思わず顔を見合わせた。

お圭を交えて、もう一度、手順を確認すると、しばし眠ることにした。

陣九郎、辰造は陣九郎の部屋で、そして、お圭は、辰造の部屋を貸してもらい、そこで眠った。

ほかの者は、それぞれの部屋で眠ったが、三蔵だけは起きていた。

夜に強いのは、博奕打ちの辰造だが、辰造は前夜あまり眠っていない。つぎに強いのは、夜も八卦見《はっけみ》をする三蔵だからである。

八つ（午前二時ごろ）になると、眠らないでいた三蔵が皆を起こした。

「さあ、これで腹ごしらえをしてくださいな」

三蔵が、皆が寝ている間に作った握り飯を持って来た。

普通、米を炊くのは朝だけで、残った飯に茶や湯をかけて昼餉や夕餉にするのだが、三蔵は夕餉のときに米を炊いたのである。その残った飯で握り飯を作った。

「こりゃあ気が利くじゃねえか」

辰造が、手をたたいて喜ぶ。

腹ごしらえを済ますと、手筈《てはず》をおさらいする。

「よし、皆、抜かりはないな」

陣九郎の言葉に、

「あたぼうよ」

「まかせろってんだ」

力強い応えが、つぎつぎと返ってきた。


元町の船着場に、三蔵が船宿から借りておいた猪牙舟が二艘《そう》もやってあった。

漕ぐのは辰造と磯次で、三人と四人に分かれて猪牙舟に乗る。

辰造の猪牙舟に、お圭が乗っているので、漕ぐ手にもはずみがついている。

もうひとり、三蔵が乗っており、あとにつづく磯次の漕ぐ猪牙舟には、陣九郎と信吉、金八が乗っている。

猪牙舟で大川を渡り、新大橋近くの対岸の川岸に着けた。

そこから、七人で、志垣左門之丞の下屋敷へと向かう。

まだ東の空の底は白くなっていないが、雀の鳴く声が聞こえ、辺りには朝の気配が立ち込め始めている。

朝露《つゆ》のついた葉も、朝の香りというべき湿った匂いを漂《ただよ》わせていた。

月に雲はなく、辺りに青白い光を投げかけている。

屋敷に忍び込むのは、陣九郎と辰造、そしてお圭ということになっている。皆、黒っぽい着物を着ており、顔を隠すために、黒い布で覆面をして、顔半分を隠している。

まず、志垣左門之丞の下屋敷へは直《じか》に忍び込まず、隣の武家屋敷に侵入する。隣は、志垣左門之丞の下屋敷よりも広く、庭も雅趣を凝らした造りになっている。大名の屋敷のようだが、どこの大名だか、陣九郎たちは知らない。知ったからといってどうなるものでもない。見張りのないことを祈るのみだった。

塀に鉤《かぎ》のついた縄を投げ、それをよじ登って塀の内側に入った。陣九郎は日ごろの曲斬りと剣術の鍛練をしている。お圭は盗人の修練を積んできたおかげか、すんなりと忍び込んだ。

辰造はどうかと思ったが、これがお圭ほどではないが、けっこう身が軽い。まだ若いおかげだろう。

塀に沿って進み、絵図面を描いたくらい志垣左門之丞の下屋敷に詳しくなっているお圭が、この辺りと目星をつけたところでひそむ。

その塀の向こうは、下屋敷の奥まったところで、すぐ近くに東吉が捕まっている部屋があるはずだった。

東吉は、格子に囲まれた座敷で横になって眠っていた。

見張りは、二人に増やされていた。

昨夜、見張りをしていた奈倉は、お圭に当て身を食らわせられて気絶したのだが、本人はそうとは知らない。お圭の姿を見たわけではないからだ。

いきなり気を失って、気がついたときには格子の前で寝ていたものだから、居眠りしたと思ったのである。

脾腹のあたりが少し痛み、いきなり眠りに落ちるのは、おかしいなとは思ったが、東吉は格子の中にいるし、余計なことを言うと、お叱りを受けてしまう。だから、急に眠くなって眠ったに違いないと、自分でも思うことにしたのである。

見張りが二人に増えたのは、前夜に曲者が忍び込み、念には念を入れて用心するためだった。

奈倉と上月《こうづき》という、これまた若い侍の二人で、部屋の中で寝ずの番をしている。

奈倉は前夜のことがあり、どうにも不安なので、居眠りをせずに朝を迎えようとしていた。

上月はというと、いきなり寝ずの番を言いつけられたので、深更《しんこう》におよんだときから眠くてしかたなく、いつしかこっくりこっくりと舟を漕ぎ始めた。

奈倉は、なんどか上月を起こした。その都度、

「す、済まぬ。つい……」

上月は眠い目をこすっていたが、夜明け近くになると、奈倉も、

（まあ、よいか。あと少しで明るくなってくる。そうしたら起こそう。それまでは、居眠りをさせてやるか）

などと余裕のある気持ちになっていた。いちいち起こすのも面倒になってきたということもある。

奈倉が障子を透かして外を見ても、まだ暗い。

夜が明けると、お役目を終えて朝の見張りと交替する。それからゆっくり眠ることが出来ると思うと、夜が明けるのが待ち遠しくてたまらない。

いまかいまかと、障子の外が明るんでくるのを待っていると、なにやら騒がしい物音がし出した。

どんどんと太鼓をたたくような音がし、なにか大工が仕事をしているような、カンカンという金物をたたく音がし、さらにわいわいがやがやと声がする。

「なんだ、なんだ」

寝静まっている武士たちも起き出したようだ。

奈倉は見張り番である。外でなにが起きようと、持ち場を離れるわけにはいかない。耳をそばだてるだけである。

外の騒然とした様子にも舟を漕ぎ続けている上月を見て、

（いま上役が入ってきたらまずい）

あわてて、肩を揺すって起こす。

「む……また、眠ってしまったか。すまんな」

寝ぼけ眼《まなこ》の上月に、

「外が騒がしいのだ。どうしたのかな」

奈倉が不安そうな顔を向ける。

「ふむ……そういえば、太鼓の音のような。それに、屋敷の中で足音がけたたましくなってきましたな」

音が立っているのは門の辺りのようだ。屋敷にいる者たちがそちらの方へ向かっているのだろう。

その少し前のこと。

門の外で、金八と信吉、三蔵が太鼓や金物をたたき、大声で囃《はや》し立て始めた。

それとは別に、磯次が金槌《かなづち》と釘を使っている。

いきなり太鼓の音と囃す声、さらには金物をたたく音がしたものだから、門番は驚いて詰め所の小窓を開けた。

なにやら板に釘を打ちつける音もする。それもすぐ近くでだ。

だが、金八たちは、あらかじめ小窓から死角になる場所で騒いでいるので、門番には姿が見えない。

「おい、静かにしろ」

小窓から声を出すが、聞こえているのかどうなのか、構わずに騒ぎはつづいた。

「外に出て止めなくてはいけないぞ」

交替で寝ていたもうひとりの門番が起き出して言う。

「嫌な役まわりだな……」

門番は、おそるおそる潜り戸を開けて、顔を出した。

すると、外が見えない。

「な……」

思わず手を前に伸ばすと、当たるものがある。

潜り戸を黒い板が覆っている。

磯次が板を釘で打ちつけてしまっていた。板に釘を打つ音は、この音だったのである。

「何事だ！」

屋敷から、武士が出てきた。

磯次は、板を打ちつけたあと、門に耳をつけて内側の様子をうかがっていた。

ばたばたと屋敷の中から武士や中間たちが出てくる気配がする。

「潜り戸に板が打ちつけてあるんです」

門番が武士に言うのへ、

「そんなもの打ち破ってしまえ。いや、それよりも門を開け！」

武士の声が磯次に聞こえた。

「よし」

磯次の合図で、金八、信吉、三蔵は手に持っていた太鼓とばちを、

「そうれ！」

掛け声もろとも、屋敷の中へ放り投げた。

そして、一目散に、大川に向けて駆けて行く。

門が開き、武士たちが出てきたときには、金八たちの後ろ姿が、かなり遠くに見え

ていた。

「こらっ」

「待て！」

武士たちは、金八たちのあとを追って駆け出した。

そのころ、隣の武家屋敷の塀を乗り越えて、陣九郎と辰造、そしてお圭が入り込んでいた。

騒ぎに起き出した武士たちは、すべて門のほうへと行ったわけではない。

四人の武士が奥の部屋に面した廊下に立って、見張りをしていた。

陣九郎は、濡れ縁に飛び上がると、見張りの武士たちの前に躍り出た。

「な、なに奴……」

ひとりが気がついたときには、陣九郎の当て身が決まり、瞬時にもうひとりも倒れた。残るは二人。

「くせ……」

曲者と叫ぼうとしたときには、お圭の当て身が襲った。

最後に残った武士は、武士たちの一番前にいて、背後のことに気づくのが遅かった。叫ぼうとしたときには、陣九郎の拳が鳩尾《みぞおち》を突いていた。

倒れ臥していく武士たちを、音を立てずに横たえるために、辰造は駆け寄って受け止めていた。

矢継《やっ》ぎ早に倒したせいで、ひとりだけ受け止めきれずに濡れ縁にどんと音が立つ。

この音が、東吉が捕らえられている部屋まで響いた。

「なんの音だろう」

「さて……」

奈倉と上月は、不安な表情を向け合った。

三

「おい、見張り番」

障子の向こうで声がした。

「はっ、ここにおりますが……」

返事をすると、

「ひとりか」

なぜそんなことを訊くのか、妙に思ったが、

「いえ、もう一人、上月もおります」

「そうか、二人か」

がらっと障子が開いた。

黒い烈風が吹いた。一瞬、奈倉がそう感じたのは、物凄い勢いで陣九郎が飛び込んできたからだ。

着流しの浪人が飛び込んできたのだと分かったときには、奈倉は目の前が暗くなっていた。

上月も同じようなものだが、飛び込んできたのが着流しの浪人と、黒装束の者だと、二人見分けられ、刀に手を伸ばすことまでは出来た。

だが、刀の鞘を持った瞬間、お主によって昏倒《こんとう》させられてしまった。

陣九郎は、行灯を格子の前に据えると、中をうかがい見た。

格子の中で起き上がった東吉は、

「ああっ、木暮の旦那！」

大きな声を上げた。

「その分じゃあ、大丈夫そうだな」

陣九郎は東吉に笑いかけた。

その間、お圭は奈倉の懐を探っていたが、鍵を見つけることが出来た。格子の引き戸につけられた錠の鍵穴にいれると、すんなりと開く。

出てきた東吉は、少し足がふらついたが、

「ずっと寝てたから……すぐに元にもどりますよ」

陣九郎の肩に手をかけながら、そろそろと歩き出したが、一歩ごとに足に力が戻ってきているようだった。

お圭は、鍵を陣九郎に渡してすぐに、さらにほかの部屋を探りに行っている。

濡れ縁に陣九郎と東吉が出てくると、辰造が待っていて、陣九郎と二人して東吉を助け、塀際まで連れて行った。

塀には縄が一本垂れている。縄の端は、隣の武家屋敷の木の幹に縛りつけてあるので、縄を引っ張って塀を乗り越えることが出来る。

「やっぱり、あっしが先に向こう側に行ってなきゃいけやせんかね」

辰造は、お圭が戻ってくるまでこちら側にいたそうだ。

「まず辰造、おぬしだ。そして東吉を向こう側へ移し、俺がお圭を待つ。追手が来た場合は、俺がここで食い止める……その手筈どおりにしろ」

陣九郎の言葉に、

「……へえ、そうでやすね。それが一番、手堅いでやすからね」

辰造は自らに言い聞かせるように言った。

東吉は、だいぶ足に力が入ってきており、縄を体に巻いて、向こう側から辰造に引っ張ってもらうかという陣九郎の言葉に首を振った。

それを聞いて、辰造は縄を伝って塀を登っていった。

隣の武家屋敷の庭に辰造が降り立っても、お圭は姿を見せない。

つづいて東吉が縄を伝って登り出した。陣九郎は、東吉の体を支えてやるが、その必要もないくらいに東吉の足はしっかりと塀を蹴っていた。足に血が流れて力が戻ったようである。

そのころ、お圭は、暗闇の中を、部屋から部屋へと探り歩いていた。

（どこにいるの……）

お圭は、姉にひと目会いたい気持ちで、必死に探していた。

なぜ、そんなに会いたいのか、その理由は自分でもしかとは分からない。ただ、とにかく会いたくてしかたないのである。

もともとひとつだったものが、二つにされて、お互いに呼び合っているのか……など思ってみるが、そんな不可思議なことがあるのかと疑わしい気もする。

ただ、幼いときから、もうひとりそばにいるはずだという気がしていたのは本当のことだ。自分は、ひとりではないのだと思っていたのである。

あらかた部屋は探し尽くしたと思った。

奥にある棟の部屋には、まったくといってよいほど人はいない。

東吉の捕らえられていた部屋と、もう一部屋は、数人の武士が寝ている様子はあったが、皆、門のほうへ行っているのか無人だった。

布団が敷いて並べてあるその部屋にもう一度入ってみる。

行灯の火がともっていて、手燭がなくとも辺りが見える。

（ひょっとして、ここが見張りのための部屋だったら……）

近くに、姉がいる部屋があるはずだ。

（でも、皆、門のほうへ出払ってしまったということは……）

見張る必要がないということである。

自分の諦めの悪さに、お圭は苦笑いした。

（もうここを出なくては）

踏ん切りをつけて部屋から出ようとしたときである。

一度見たが、最後にもう一度床の間の掛け軸の裏を見てみようと思った。

めくって、壁を触ってみるが、隠し扉のようなものがあるわけではない。

(さっきも見たから、なにもないって分かってるのにな)

下を向いて小さく溜め息をついたときである。

床の間の端に、細い線のようなものが見えた。

なんだろうとしゃがんでみると、爪が入るほどの隙間がある。

爪を入れて、引っ張ってみると、床の間の一部が持ち上がり、ぽっかりと穴が開いた。人がひとり通れるほどの大きさの穴だ。

持ち上げた板は、床の間の横の壁にもたれかけさせることが出来る。

穴の中を覗いてみるが漆黒の闇である。だが、縄ばしごが穴の端から垂れているようだ。

懐から手燭を取り出すと、行灯から火を移した。

手燭の把手を口にくわえ、お圭は縄ばしごを伝って下に降りていった。

穴をふさいでいた床の間の板は、手を伸ばして、もういちどふさぐ。これなら、侵入したことが分からない。

自分を待っているはずであろう陣九郎たちのことがふと気になった。

（あたしを待たないで、早く行ってくれればいいのだけど……）

もちろん、ある程度待って戻ってこなければ、先に屋敷の外へ出ることにはなっていた。待つ刻限は、日の出の直前ということになっている。

江戸の町並みが白み始めていた。

（もうすぐ日の出だ。これ以上は待てない）

陣九郎は、縄を伝って隣の武家屋敷に降り立つと、

「お主は、戻って来ぬ。俺たちは退散だ」

強張《こわば》った顔で言った。

「で、でも……」

辰造は立ち去りがたいようだが、

「捕まった様子はなさそうだ。早く逃げろ。俺だけ、もう少し待ってみよう」

陣九郎は、辰造をせき立てた。

辰造は心残りだったようだが、東吉をまずは逃がさなくてはならないという陣九郎の説得にようやくうなずいた。

武士たちは、門の外に出て、金八たちを追いかけたが、舟に乗られてしまって、ど

うにもならず、屋敷に戻って来ていた。

そろそろ外の道に出てもよいころあいである。

辰造と東吉は、外に人のいないのを見計らって、武家屋敷の塀を登って降りた。そのあとは、大川端へ走る。東吉の足は、もう力が入っており、辰造に遅れずに走ることが出来た。

陣九郎は、大名屋敷の庭の内側から縄を手繰《たぐ》って丸めてから懐に入れ、もう一度、志垣左門之丞の屋敷との境まで戻った。

塀の下にうずくまって、お圭の戻るのを待った。

お圭は、縄ばしごを伝い降りて床に降り立った。

手燭を手に持って、辺りを照らす。

六畳ほどの広さで、深さはけっこうあり、お圭が跳んでようやく手がつくほど、天井は高い。

壁は漆喰《しっくい》の壁が剝《む》き出しで、寒々しく感じられた。

そこには、さまざまなものが散らかって落ちていた。

櫛《くし》や簪《こうがい》、鏡に白粉《おしろい》や紅などの化粧道具、折り紙や人形などが乱雑に置いてあり、さらには衣桁《いこう》に鮮やかな色の着物がかけられている。

そして、隅には布団が畳んで置いてあった。

たったいままで、そこに誰かがいて、化粧をしたり、折り紙や人形で遊んでいたような按配《あんばい》だ。

だが、誰もそこにはいなかった。

お圭は、そこに姉の匂いが濃厚に漂っている気がした。

手燭の火がゆらりと揺れた。どこかに空気穴のようなものがあるのだろう。

しばし、そこにたたずんでいたお圭は、どやどやと頭上が騒がしくなってきたことに気がついた。

（遅かったみたい……）

出払っていた武士たちが戻ってきたのだろう。

閉めた穴の蓋《ふた》に手がかけられたような音がした。

お圭は手燭の火を吹き消した。それと同時に、穴が開き、光が差し込む。

息を詰めて、うかがっていると、龕灯《がんどう》の明かりだろうか、一条の光が部屋の中を照らしていく。

お圭は、音を立てずに隅へ動いた。

だが、通り一遍、穴の上から中を照らしただけで、穴の蓋は閉じられた。

そこに姉がいないのだから、異常を調べるのに、さして入念にする必要はないのだろう。

武士たちが上の部屋に戻ってしまったので、お圭は、穴の中に閉じ込められた恰好になってしまった。

四

東の空に陽が昇る直前に、志垣左門之丞の下屋敷は騒然となった。

東吉がいなくなっていることが分かったのである。

気を失っている奈倉と上月のふたりを目覚めさせ、どのような者が襲ってきたのか訊き出したが、ひとりは着流しの浪人、もうひとりは町人風ということだけしか分からなかった。

ふたりともに覆面をかぶっているので、顔も見ていない。

「あの東吉という与次郎売りは、どこに住んでいると言っていたのだ」

用人の岩佐は、怒りゆえか濃い眉毛を逆立てて、東吉に尋問した矢野巳之助《やのみのすけ》に訊いた。

「あの男は、相生町の長屋に住んでいると言っておりました」

「では、早速、何人か連れて、連れ戻してこい。いや、その場で斬って捨てたほうがよいか。抗《あらが》う者があったら、そいつらも斬ってかまわん。なぜ斬ったのか、そのわけは、あとでなんとでもつけられる。ただし、出来ればひと目のつかない場所でやるのだぞ」

「はっ」

矢野は、すぐさま数人の武士を引き連れて、屋敷を飛び出していった。

岩佐はこれまで、捕まえた東吉を殺すのはあとにしようと思っていた。

死骸の処理などという余計なことに気を取られて、ことが上手く運ばないことを懸念したのである。

だが、その慎重さが裏目に出てしまったことを激しく悔やんだ。

そして、騒ぎに気を取られて、まんまと東吉に逃げられたことに怒り心頭に発し、斬る理由などあとで思案すればよいと、なりふりかまわなくなっていたのである。

陽が昇っても、陣九郎は隣の武家屋敷の庭から出なかった。

幸い、志垣左門之丞の下屋敷との境の塀際は、下草が鬱蒼《うつそう》と繁っており、えごのきも生え、身を隠しやすい。

(お圭はどうなったのかな。もう一度忍び込んでみるか)

陣九郎は、忍び込むころあいをどうするか、迷っていた。

お圭は、かまわずに逃げてくれと言っており、そのつもりだと応えたが、実際にこうなってくると放っておくわけにはいかない。

武士たちが東吉を殺しに出かけたことなど知るよしもない。

だが、もし東吉が長屋のことを話していたら、ということはすでに考えてあった。

まずは、すぐにからけつ長屋に帰らずに、元町の船宿にひそむ手筈になっていた。

いつまで船宿にひそんでいるのか……それは、決めていなかった。武士の影がちらつかなかったら戻ろうと決めてあったが、東吉がからけつ長屋のことを話したかどうかにもよる。

陣九郎が、ただちに東吉のいるところへ行く必要はいまのところなかった。だから、お圭を優先したのである。

志垣左門之丞の下屋敷の地下では、お圭が上の部屋の様子をうかがっていた。

夜まで待っていては、武士たちが寝に戻ってきてしまう。武士たちが出払っているうちに抜け出さないといけない。

登城するような武士たちは、昼までにその日の仕事をおおかた終えてしまい、屋敷に帰ってくるものだ。

だが、下屋敷の武士たちが、どのように暮らしているのか、お圭には見当がつかなかったのである。

じっと気配をうかがっていると、武士がいなくなったような気がした。

手さぐりで縄ばしごのあるところまで歩くと、縄ばしごを伝って穴の出入り口まで登った。

そこで、またしばし気配をうかがう。

誰もいないと見極めて、蓋をゆっくりと持ち上げていく。

蓋の隙間から光が差して、まぶしさに思わず目を閉じた。

それでも、目を細く開けると、ようやく目が光に慣れ、部屋の中が見えた。

目の届くかぎりのところには、誰の姿も見えない。

蓋の縁を持って、ゆっくりと開けていき、音が立たないようにして蓋を床の間の横の壁にもたれかけさせた。

床の間の縁に手をかけて、体を持ち上げ、つぎの瞬間には穴の横に立っていた。

部屋を見まわすが、やはり誰もいない。

ふうっと息を吐き、穴の蓋を閉じる。

その部屋から出て、廊下を進む。すると、前方にかすかな人の気配がした。

ふいに気配を感じたので、逃げる余裕がない。

瞬時に、このまま相手と闘って、逃げるしかないと思い決めた。

懐から懐剣を取り出し、鞘から抜き出して、摺《す》り足で進んでいく。

廊下の角から、出てきた武士に斬りつけようとしたが……

懐剣を持った手が、強い力でつかまれた。

「物騒な物を持っているな。俺たちには内緒だったのか」

ニヤリと笑ったのは、陣九郎だった。


塀を乗り越えて、隣の武家屋敷の庭に降り立つまで、廊下で通りかかった武士をひとり、当て身で気絶させた。

隣の武家屋敷の大名は、陣九郎が塀際にひそんでいる間に登城している。

陣九郎とお圭が、その武家屋敷の庭から、さらに外へ出たときは、ひっそりとしていた。通りがかる者のいないのをたしかめて、外の道へ出て大川に向かった。

なにも行く手を阻《はば》む者もおらず、すんなりと大川端に着くと、辰造がひとり待っていた。

辰造はお圭を見て、強張った顔が一気にゆるむ。

東吉を連れて、辰造が舟をもやいだ場所へ行くと、金八たちがいたそうだ。

金八たちは、武士たちに追われ、舟で逃げたのだが、追って来ないのを見計らってまた舟で戻っていてくれたのだった。

「金八たちは、舟で東吉と一緒に大源《だいげん》に行ってやす」

辰造のいう大源とは、元町の船宿である。

陣九郎は、舟がもやってある場所まで来るのに、けっこうな汗をかいていた。

まぶしい陽光の中を猪牙舟で大川を渡っていると、涼しい川風に体がひんやりとして心地よい。

大川には、たくさんの猪牙舟や屋根舟が行き交い、さらには大きな菱垣廻船《ひがきかいせん》の姿も見える。

辰造は博奕打ちらしからぬ、巧《たく》みな棹捌《さおさば》きで、大川を渡って行った。

元町の船着場に着けると、船宿大源に入り、

「舟を戻したぜ」

ひと声かけた。出てきた女将《おかみ》に、

「皆、いるよな」

「それがさ、ちょいと休んだら、長屋へ帰ってったよ。あんたにもそう伝えておいてくれってさ」

「なんだい、手筈どおりじゃねえな」

辰造は眉をひそめた。

「東吉が長屋の場所や名前を言っていたら、奴らが押しかけていて、まずいことになりそうだ」

陣九郎も嫌な胸騒ぎがした。

「お主は、ここで休んでいてくれ。念のため、辰造がついていろ」

すぐにからけつ長屋へ向かおうとすると、

「あたしは平気だよ。辰造さんも行ってきなよ」

お主に言われ、辰造も陣九郎とともに長屋へ戻ることにした。

志垣左門之丞の下屋敷の矢野巳之助と、三人の武士たちは、相生町の長屋の木戸を物陰に隠れて見張っていた。

(東吉はここに戻ったか否かだ……長屋の場所を言ったが、それを彼奴《きやつ》めが忘れておるといいのだが)

それは充分にあり得ることだった。

そもそも、初めに東吉に長屋の場所を訊いたのは、捕まえて座敷牢に入れる前だったのである。

(よもや、あのときに、嘘をつくわけがなかろう。話したことを忘れていてもおかしくはない)

となると、屋敷から逃げ出してから、かなり経っている。すでに長屋にいることになる。

「よし、乗り込むぞ。見つけたら、容赦なく斬り捨てい」

武士たち三人に命じると、自ら先頭に立って、長屋の路地に入って行った。

東吉は、自分の部屋で眠っていた。座敷牢の中で眠ったはずなのだが、やはり熟睡とはいかなかったので、これまでの疲れがどっと出たのである。

金八たちは、船宿で一日過ごしたほうがいいと言い、それは陣九郎との取り決めでもあると伝えたのだが、東吉はどうしても長屋に戻ると言い張ったのである。

金八と磯次は、普段よりずいぶんと遅くなってしまったが、自分たちの長屋に戻ったのだからと、商売をしに出かけて行った。

納豆売りの金八は、朝餉どきを逃したので、納豆を仕入れても、あまり売れないだろう。だが、せっかくのよい天気なので休むよりはましだった。

磯次は、そもそも魚を仕入れるには遅すぎた。残っているのは雑魚《ざこ》ばかりだろう。だが、そうした雑魚でも、売れるところには売れる。

貧乏長屋や、安い一膳飯屋に行ってみれば、けっこう売れるような気がした。

羅宇《らう》屋の信吉は、朝早く出かける必要はない。いつものように、町を流して歩きに行った。

三蔵は、東吉と同じく部屋で寝ていた。八卦見は昼過ぎからでよい。実入りがよいのは夕方から夜に入ってからである。

東吉と三蔵は、長屋の腰高障子と、小さな窓を開け放して眠っていた。

すでに暑くなっているので汗をかいているが、眠りは深い。

陣九郎と辰造は、からけつ長屋目指して、元町から相生町へと、竪川に沿って走っていた。

陣九郎は、嫌な胸騒ぎがしてしかたがなかった。

東吉が、捕まる前に長屋の場所を世間話の上で喋ってしまい、そのことを綺麗さっぱり忘れていることが充分あり得るように思えた。

武士たちが長屋に乗り込む前に戻りたかった。武士たちが長屋に着いてすぐに乗り込んでいれば、もう手遅れだ。

だが、様子を見ているようであれば、まだ間に合うかもしれない。

辰造はすでに息が上がっている。陣九郎との差がどんどん開くが、足がもつれてしまう。

陣九郎は、ともかく自分が助けなくてはと、胸が破れそうになりながらも、全力で駆けて行った。

五

矢野巳之助は、木戸番に東吉の名前を出して、部屋の場所を訊いた。

「右から三つ目ですが、まだ寝ていますよ。なにせ、ついさっき帰って来たばかりですからね」

その言葉に、間違いないと矢野は確信した。

東吉は、むにゃむにゃと寝言のようなものを発すると、頬をペタンとたたいた。潰された蚊が赤い血とともに汗のにじんだ頬に張りついている。

だが、目を覚ます気配はなく、またほかの蚊が東吉を襲ってきた。

（もう少しだ）

陣九郎は、竪川沿いの道から、長屋へといたる相生町の表通りに入った。

（間に合ってくれ）

こんなに息が苦しくて、武士たちと闘えるかどうか心もとないが、ともかく東吉たちが斬られる前に、なんとしてでも間に合いたかった。

暑さのせいで、腰高障子は開け放ってある。

矢野は、刀を抜くと、額の汗を拭《ぬぐ》った。

（一太刀《ひとたち》で仕留めてやる）

ぐっと丹田《たんでん》に力を入れた。

実は、人を斬るのは初めてである。道場では強いが、如何《いかん》せん実戦に乏《とぼ》しかった。もっとも、天下太平の世である。剣客として修行している身なら、真剣で立ち合うこともあろうが、普通に暮らしているのなら、滅多にそのようなことはない。

心持ち、刀を持った右手が震《ふる》えるが、丹田に力を入れていると、震えも収まってきた。

（よしっ）

矢野は、刀を引っさげたまま土間に入った。すると、六畳の座敷の真ん中で、男が大の字になって眠っている。

このまま刀で刺し貫くか……と、一瞬思ったが、

（いや、それでは無礼討ちにはならぬ）

起こしてから斬らねばと思った。

武士が町方の長屋の部屋での無礼討ちもなにもないものだが、そのような思慮は、このときの矢野には働かなかった。ともかく命じられたことをなし遂げるのみである。

それに、いかに不自然な状況であろうと、旗本の威光を借りて岩佐がなんとかして

くれるだろうと、心の奥底で確信していた。

「東吉！」

土間で、矢野は大音声《だいおんじょう》を発した。

「わわわっ」

がばと跳ね起きた男に、矢野は刀を振りかぶった。

陣九郎は、木戸から長屋の路地に転がるようにして駆け込んだ。

すると、目の前に武士が立ちはだかった。

矢野には、自分の動きも相手の動きも、実にゆっくりと見えた。相手の寝ぼけ眼《まなこ》から、刀を振りかぶった矢野を見て、目が大きく見開かれ、驚愕と怯えの表情が顔全体に広がるまでが、実にゆっくりしている。

そして、振りかぶった刀を降り下ろそうとしたとき……

「むっ……」

一瞬、なにかがおかしいと思った。

「あわわわわ」

男は刀を避けるよりも、両手で頭を庇《かば》った。

刀は、頭を庇った両手首の上で止まった。

「ひっ……ひいいっ」

男の股間から熱いものがあふれ出し、みるみるうちに広がっていく。

矢野は、刀を引くと、

「おい、東吉、顔を見せろ」

かさついた声を出した。口の中がからからに乾いている。

「へっ……」

男はなおも両手で頭を庇ったまま震えている。

「早く顔を見せろ」

矢野の怒声で、男は、ようやく震えながらも両手を離し、上目づかいになって顔を見せた。

その顔は丸く膨らんで、目も丸く、体は太い。四角い顔で垂れ目、やせ型の東吉とは、まるで違っていることに、矢野はいまになって気がついた。

「お前、東吉ではないではないか」

「へっ……い、いえ、おいらは……」

「東吉だというのか」

「そ、そうです、藤吉《とうきち》でやす」

矢野は、すぐさま木戸番小屋に取って返し、東吉のことを訊いた。ここでも、かみ合わないやりとりの末に、同音だが字が違うということがやっと分かった。

藤吉は、夜釣りをしていて朝を迎えたのだそうだ。

「東吉という男が、たしかに弥五郎店《やごろうだな》だと言ったのだ」

「へえ、たしかにここは弥五郎店ですが」

（嘘をつかれたか）

と思ったが、矢野は念のため、ほかの部屋も覗いて行った。

暑さのせいで、腰高障子を閉めている部屋は皆無だ。あっというまに、すべての部屋を見終わり、男は藤吉のほかはおらず、あとは女房たちと赤子ばかりだったのである。

ちなみに、子どもたちは、近くの原っぱに遊びに行っているようだった。

矢野は、同じ読みの藤吉がいることは偶然であっても、弥五郎店という名前を、聞き間違えたのではないかと思い、木戸番に、

「ほかに弥五郎店と聞き間違えるような長屋はないか」

「えーと……弥太郎《やたろう》店ってのはありますね。それと、奴《やっこ》店と呼ばれてる長屋もあります。住んでるのが、俠客《きょうかく》っぽいのが多くて、男伊達《だて》だからってんで、奴店です」

どちらも聞き間違えそうではなかったが、矢野はいちおう場所を訊くと、たしかめにかかった。

二つの長屋は、相生町一丁目にある弥五郎店の隣、相生町の二丁目にあった。

相生町四丁目の喜八店、通称からけつ長屋では、陣九郎が笠をかぶった武士に行く手を阻まれた恰好になっていた。

横をすり抜ければよいのだが、武士の体に張り詰めたような殺気があり、おいそれと前へ進めない。

「貴公が木暮陣九郎どのかな」

武士は、笠を取ると訊いた。

つり上がった目の光が強い。色が黒く痩せており、歳のころは三十五、六か。引き締まった体は、黒い鋼《はがね》のような強靱《きょうじん》さを漂わせている。

陣九郎は、ともかく東吉の部屋へ行って安否をたしかめたかった。すでに斬られているのか、またさらわれてしまったのかが気になる。

「いかにもそうだが。そこをどいてはくれまいか。ちと通りにくいのでな。いま、人の生死が掛かり合っておるのだ」

汗をかいて全身濡れ鼠《ねずみ》のようになっている陣九郎を見て、

「それは失礼した」

と言って、武士は路地の隅へ移った。

「かたじけない」

陣九郎は、武士の横を通って長屋の前に出た。

武士の横を通るときに、ぞくっと背筋が凍るような気がしたが、それにかまってはいられない。

「東吉！」

開け放たれた腰高障子から飛び込んだ陣九郎は、東吉が鼾《いびき》をかいて眠っている姿を見て、胸をなでおろした。

つぎに三蔵の部屋へ行き、無事を確認し、ほかが留守なのも見ていった。

（なぜ、ここに戻って来たのか……東吉がここを教えていないと自信を持って言ったからに違いないが）

それにしても、東吉の勝手な振舞いのせいで心配させられたことに、陣九郎は少々むかっ腹が立ってきた。

はあはあと息荒く、路地に駆け込んできたのは辰造だ。

「だ、旦那……と、東吉たちは……」

いまにもへたりそうになりながら、陣九郎に問いかける。

「大丈夫だ。安心しろ」

陣九郎の声を聞いて、へなへなと尻餅《しりもち》をつき、

「はあ……」

言葉にならない溜め息をつく。

「なにやら忙しそうだの。また出直してこよう」

武士は、踵《きびす》を返そうとして、

「拙者《せっしゃ》、紺野又十郎《こんのまたじゅうろう》と申す」

名乗ると、へたり込んでいる辰造の横をすり抜けて去って行った。

（いったい何者だろう……）

陣九郎は、得体の知れない武士に少々不気味さを感じていた。

「長屋の皆は、無事だったの？」

辰造のうしろから声がした。

町娘の着物に着替えたお圭が立っている。

必死に駆けた陣九郎と辰造が汗みずくなのに、さっぱりと涼しげな顔だ。

「た、魂消《たまげ》たぜお圭ちゃん。走ってきたのだろうに、汗をかいてないなんて」

辰造が、目を丸くして賛美した。

「うむ……よっぽど盗……いや、いろいろと修業のたまものか」

陣九郎は妙な感心のしかたをする。

「莫迦《ばか》ねえ、あたし酒手をはずんで駕籠《かご》を急がせてきたのよ」

お圭は、ころころと愉快そうに笑った。

「なんだ、駕籠を使ったのか……あははは」

辰造の笑いは気が抜けたようになった。

「駕籠か……」

陣九郎も、苦笑いをする。

「この分じゃ、無事だったのね」

お圭の言葉に、

「ああ、なにごともなかったようだ。勝手に戻って来るとは人騒がせな奴らだ」

陣九郎はまた腹立たしそうに言ったが、さっきほどでもない。

べったりと張りついた着流しが不快だ。

お圭の見ているのもかまわずに、褌《ふんどし》一丁になると、井戸端で水を浴び始めた。

お圭はというと、その姿を見て、

「男の人はいいな。女だと、なかなかああはいかないからねえ」

うらやましそうな顔になっている。

「あんなのを年頃の娘が見ちゃあいけねえよ」

辰造が、お圭の前に立って陣九郎の姿を隠した。

昼下がりになって、ようやく目覚めた東吉は、

「いえね、あの武家屋敷の前を通りかかったときに、塀の向こうから呼び止められたんですよ」

志垣左門之丞の下屋敷に捕らえられるまでの顚末《てんまつ》を語った。

大名屋敷の武士に、大名の子や使用人の子らのために与次郎を持ってきてくれと頼まれたので、たくさん持って行った日のことである。

たくさん売れて、よい商売が出来たと上機嫌で、下屋敷の塀の外を歩いていると、たまたま通りかかった商家の丁稚《でっち》が与次郎を見せろとせがむ。

機嫌がいいから、ひとつただでやった。しばらく与次郎で丁稚は遊び、

「あっ、いけねえ、叱られらあ。おじちゃん、あんがとよ」

東吉に礼を言うのもそこそこに、駆け足で去っていった。

東吉も帰ろうと歩き出すと、

「もし、与次郎売りのかた」

鈴の音のような綺麗な声がして、東吉はぎょっとなって立ちすくんだ。

もう一度声がして、それが塀の内側からだと気がついた。

「へい、あっしになにかご用ですかい」

訊き返すと、

「そこに潜り戸があります。いま開けますから、そこから入って来てくださいまし」

言われて見れば、潜り戸がある。

東吉は、潜り戸が開くのを見て、中に入った。

すると、そこに美しい娘が立っていた。

ただどこか目が虚《うつ》ろで、言葉に抑揚がない。棒読みのように、東吉は感じた。

話しながら、東吉は落ち着きがなくなっている。

ここまで話したあとに、

「そこの娘さんがたいそう似てるんだよ。武家屋敷の庭であった娘さんに……というか、お姫さまみたいだったなあ」

お圭をじっと見て言った。

東吉は話し出したころから、お圭のことが気になってしかたなかったのだが、陣九郎が先をうながすので、いったい誰なのか訊けなかったのである。

「そうだ、お圭のことを話してなかったな。お圭とお前は初めて会うのではないぞ。前に一度会っている」

「へっ」

陣九郎の言葉に、東吉は目を剝《む》いた。

さらにじろじろとお圭の顔を見て、

「いったいどこで会ったのか……そうか、あんたが庭であったお姫さまなのか」

見当違いのことを言った。

だが、よく似ていることだけはたしかだと分かる。

東吉は、陣九郎から、お圭が屋敷に忍び込んで話を交わした黒装束の者だと聞き、

「そ、そうか！　なんだか男のような気がしなかったんだが……」

合点が行ったようである。

お圭が盗人の娘だと知ると、さらに驚き、屋敷の娘とは双子だと聞いて、口をぽかんと開けたままになってしまった。

「なんてえどえらい話なんだ。世の中には、いろんなことが起こるもんなんだなあ」

と、しきりに感心している。

「お前は、殺されそうになっていたのだぞ。そのわけはよく分からぬが、お圭の姉と会って言葉を交わしたからに違いない」

陣九郎の言葉に、東吉はぶるぶるっと震えた。

「でもよ、ただ、与次郎のことを話しただけだぜ。なぜ、殺されるんだよ」

「捕らわれたわけは分かるのか」

「そ、それも分からねえ。教えてもくれやしなかった」

「目が虚ろだったというようなことを言っていたな」

「ああ、なんか俺を見ているようで、見てないような……」

焦点が合っていなかったようだ。

「口は裂けていなかったか」

「そんなことはねえよ」

「ふむ……それで、この長屋のことを、あの屋敷の武士たちに教えてなかったから、ここに帰ってきたのか」

「ああ、最初に聞かれたんだよ。あの娘さんと話しているときに、武士たちが寄ってきてさ、なんだか剣呑な感じがして、どこに住んでいるのかって訊かれたときに、相生町のって最初は本当の名前が出てきたけど、あとは咄嗟《とっさ》に、別な長屋の名前を言ったんだ。前に、聞いたことがある長屋の名前がぽんと口から出たのさ。弥五郎長屋ってね。与次郎や弥次郎兵衛と似てる名前だろ。だからだな、きっと」

東吉は、機転が利いたことで自慢げに鼻をうごめかし、

「そんでさ、船宿になんか泊まりたくねえって言ったんだ。皆、一晩の辛抱くらい出来ねえのかってうるさかったけど、俺はぜったいに嫌だって突っぱねたんだよ。あの牢屋にいたせいで気がおかしくなりそうだったからな。やっぱり汚えところだけど、からけつ長屋が俺にはいちばんさ」

まくしたてるように言ったあと、ふと陣九郎の顔を見て、

「なんか取り決めた手筈通りにしないといけねえ、なんて金八たちは言ってたけど、俺はどうしても長屋に帰りたかったんだよ。な、分かるだろ」

勝手に帰ってきたせいで、陣九郎を心配させたのだと思い至り、おそるおそる顔を見ている。

「まあ、無事だったからよかったがな。俺は、お前を斬るために武士がここに向かったのではないかと、気が気ではなかったのだ」

「そうだよ。まったく人騒がせな」

辰造が口をとがらす。

「へへっ、勘弁してくれよ。与次郎をただでやるからよ」

「莫迦野郎、俺は子どもじゃねえよ」

「なに言ってやがる。大人になっても、与次郎で遊べば、子どものころを懐かしく思い出せるんだぜ」

東吉は、言い返したあとに、目を宙に向け、

「そういや、あのお姫さまも、懐かしいってつぶやいてたぜ。あんなお武家のお姫さまでも、与次郎で遊んでたんだな。大したもんだよ、与次郎ってよ」

得意そうに言う東吉に、

「ねえ、その与次郎、あたしに売ってくれない。あたし、あんまり遊んだことないんだよ」

お主の言葉に、

「おお、そんならただでやるぜ」

東吉は嬉しそうに応えると、部屋の隅に置いてある与次郎をひとつ取って、お主に渡した。

「こうやって遊ぶんだよ」

両手で、与次郎の棒をくるくるとまわす。

「可愛いね」

お主は、嬉しそうだ。

「可愛いかい、こんなのが」

東吉ばかりお主と話しているので、面白くなさそうな辰造が混ぜっ返すが、お主は聞いていない。

辰造はますます不機嫌になるばかりだ。

# 第四章　連れ去られたお圭《けい》

一

袴田弦次郎は、どうもこのところ、からけつ長屋がなにやらあわただしい気配なのが気になっていた。

その朝も、静かだなと思っていると、ばたばたと何人もが帰ってきた。しかも、あとで娘もやってきたようだ。

（奴ら、いったいなにをごそごそと……）

なんだが、金の匂いがするような気がしてきた。

弦次郎は、自分にはそうした嗅覚があると思っている。それは勝手な思い込みかもしれなかったが、けっこう当たるのである。

部屋から顔を出して、様子をうかがってみる。

朝の陽に照らされたその顔は、やけに白く、目がつり上がっているので、白狐《びやっこ》のようだ。

さらにその昼下がり、井戸端で水を汲んでいると、東吉の部屋から声が聞こえてきた。

桶を置いて、少し東吉の部屋へ近づく。

あまり近づいては、陣九郎がいるようなので、気配を悟られてしまう。

だが、さほど近づかなくても、声が大きいので、耳をそばだてていれば、かろうじてなにを言っているのか聞き分けられた。

どうやら、東吉を狙っている武家がいるようで、その武家の名前を知れば、金につながるようだと、弦次郎はほくそ笑んだ。

ただ、肝腎のその武家の名前が出てこない。

(なにか手がかりになりそうなことを言え)

弦次郎は、部屋の中へ念を送った。

とはいっても、念力などあるわけがないので、そう上手くはいかない。

(待てよ、弥五郎店と言っていたな。そこへ行けば、まだ東吉を追っている武家がいるやもしれぬぞ)

そうだそれがいいと、弦次郎は部屋へ戻ろうとして、桶を置いたままなのに気がついた。

あわてて桶を持つと、部屋へ戻り、すぐに飛び出した。

弥五郎店というのは、人に訊くと、すぐに教えてくれた。

だが、すでに、東吉を探しているような武家は見当たらない。

それもそのはず、矢野たちは、弥五郎店と似た名前の長屋を探しまわり、ついに東吉を見つけられずに、志垣左門之丞の下屋敷への帰途についていたのである。

(まあ、しかたがない。運がなかったようだ。だが……)

しばらく東吉たちの様子をうかがっていれば、金づるに辿り着きそうな予感がしていた。

お圭は、東吉の部屋にしばらくいて帰って行った。

眠っていないのだが、よし屋に働きに行くそうだ。

「俺は、眠るぞ。もう若くはないからな」

陣九郎は、そう言い置くと、部屋に眠りに戻った。

まだ三十だが、十六の娘とは違うというわけである。

弦次郎は、お圭が東吉の部屋から出て、辰造に送られていくのを、顔を出して見ていた。どこに住んでいるどのような娘なのか気になり、あとを尾《つ》けるべきか迷ったが止めておくことにした。万が一、尾けているのに気づかれたら、これから動きにくくなりそうだからである。

(辰造がついていなければ、尾けていたのだが……)

舌打ちして、顔を引っ込めた。

辰造とお圭は、よし屋へ向かって歩いていたが、

「あれは……」

お圭の姿を見て驚き、足を止めた武士がいた。

塗り笠を被り、恰幅のよい体を茶の小袖で包んでいる。

人込みの中でもあり、お圭も辰造もそれには気がついていない。

武士は、お圭と辰造のあとを尾けて行った。

よし屋の近くで、お圭と別れた辰造は辺りをうろつき出した。お圭は、よし屋へと入って行く。

店を開けたばかりのよし屋に、お圭と連れ立って入るのは、ほかの客の手前、まずいと辰造は思ったのである。

お圭のほうは頓着していなかったのだが、辰造がそうすると言うのを止める理由もなかった。

お圭がよし屋に入るのを、塗り笠の縁を持ち上げて武士は見ていた。その脇をなにも気づかぬ辰造が通り過ぎて行く。

辰造には目もくれずに、武士はよし屋の入口へ行くと、暖簾《のれん》を手で分けて中を覗き込んだ。

お圭が、すでにいる客に愛想を言っているのを見た。

いったん店の奥へ消え、襷《たすき》をかけて出てきたお圭を見届けると、武士はよし屋の前から離れた。

(妙なお武家だな)

いましも店に入ろうとした男が武士を見て思ったが、中に入ったときには忘れた。

辰造がよし屋の近くに戻って来たのは、さらに後で、武士の姿はなかった。

夜も更け、四つ(午後十時ごろ)前に、お圭はよし屋を出た。

辰造はお圭を長屋まで送っていった。また団助が現れるかもしれないと思ったからだ。

団助は、呑みに来なかった。もう懲りたのだろうと、お圭も主人も言っていたが、辰造は気がかりだったのである。

お圭の長屋の近くまでやって来たときである。

背後から足音がし、二人の武士がお圭と辰造を追い越してから、くるりとこちらに向き直った。

通せん坊をする恰好になる。

「な、なんだよ、いってえ」

辰造は、お圭をかばうように前に出ると、武士たちを睨《にら》み付けた。

「うしろにもいるよ」

お圭の言葉に、振り向くと、背後にも二人の武士が立っている。

いずれも、折り目のついた袴《はかま》に小袖もこぎれいである。

（も、もしや志垣の家来たちか。なぜ、俺たちのことに気づいた）

辰造の目は血走った。

「驚かしてしまったようだな。済まぬことをした。拙者《せっしゃ》らは、名前は言えぬが、直参旗本の禄《ろく》を食《は》んでおる者でな、決して怪しい者ではない。実はな、娘御に頼みたいことがあるのだ。拙者らとともに来てはもらえぬだろうか。なに、案ずることはない。

礼はたんとするゆえな」

背後のひとり、鷲《わし》鼻の男がお圭を見て言った。

「なに言ってんでえ。こんな夜更けに、いきなりじゃあ、信じられねえよ」

辰造が血相を変えて言った。

「これにはちと訳があってな。来てもらえば、詳しく話すゆえ、大人しく来てはもらえぬか」

武士は、辰造は無視し、お圭だけを見て言った。

「ふ、ふざけんじゃねえよ。駄目だ、駄目だ」

辰造は口から泡を飛ばして怒鳴った。

「お前になぞ訊いてはおらぬ。娘、お前の返事はどうだ」

「な、なにをっ」

辰造は、腕をまくって喧嘩の態勢になる。

「よせ。せっかく穏やかに言っておるのだ。さもないと……」

武士は、刀の柄《つか》に手をかけた。

「へっ、刀が怖くてお圭ちゃんの用心棒は出来ねえんだよ」

辰造の強がりに、

「あたしの用心棒だったの」

お圭は、驚いた顔をした。

「な、なに言ってんだよ、お圭ちゃん。そ、そりゃあ、あっしはふがいないけどよ、お圭ちゃんより、ひょっとしたら弱いかもしれねえけどよ。あっしはお圭ちゃんを守るぜ。ぜったいに守ってやるぜ」

言っていると、実際に守ることが出来そうな気がしてきた。

「こいつ、斬り捨てましょうか」

眉《まゆ》と眉のあいだの狭い武士が、鷲鼻の武士に言う。

「まあ待て」

鷲鼻の武士は制すると、

「な、お主とやら、話を聞いてはもらえぬか。拙者らも、無用な殺生はしたくないのだ」

懇願《こんがん》するような口調になった。

辰造は、怒鳴り返そうとしたが、

「辰造さん、落ち着いて。この人たち、なにも悪いことはしないって言ってるから、話を聞いてみてもいいと思うよ」

お主の言葉に、目を剝《む》いた。

「お、お主ちゃん、こんな奴らに騙《だま》されちゃあいけねえよ。こいつら、猫をかぶってやがるんだよ」

「聞き分けのないことを！」

眉間《みけん》の狭い武士が、刀を抜こうとする。

「待ってください。本当にあたしは危ないことにならないのよね」

お主が、落ち着いた声で訊いた。

「それは、拙者が請け合おう」

「お侍として、二言《にごん》はないってことね」

「うむ」

「じゃあ、ついて行ってもいいわよ」

お主は、事もなげに言うと、

「辰造さん、案じることはないから、長屋に帰っていいよ。あたし、ちょっと話を聞いてくるだけだから」

にっこりと笑った。

「ま、待てよ、そ、そんな……」

辰造は、どうしてよいかわからずおろおろとした。

「どこのお武家さんか、教えてくださいな」

お主が訊くと、

「それは、拙者らと来てもらえれば、しかるべきお人から聞くことが出来よう」

あくまでも、なにも訊かないで来てくれというのである。

辰造には、それは理不尽に思えた。だから、徹底的に抗《あらが》おうと思ったのだが、

「分かった。辰造さん、暴れちゃ駄目だからね。大人しく帰って、ね、お願いだから。用心棒って言ってもらったのは嬉しかったけど、いまは……ね」

両手を合わせ拝むように言われてしまい、何も出来なくなってしまった。

武士たちに囲まれるようにして去って行くお主を見て、

「だ、駄目だ。そんな奴ら信じちゃあいけねえよ」

耐えられなくなった辰造は駆け出し、武士たちのあいだに割って入ろうとした。

だが、しんがりの武士が、振り向きざまに辰造の脾腹《ひばら》に当て身を食らわせ道端に転がした。

「辰造さん」

お主は、駆け寄ろうとしたが、鷲鼻に止められた。

「当て身だ。あれ以上、抗ってきたら斬って捨てるところだぞ。大人しくついてくれば、あの男も無事だ」

「それが本性なの。あたしも、大人しくしてないと殺すのね」

お主は、顔をしかめた。

「いや、そんなことはしない。お前は、大事な身だ。出来れば、手荒なことはせずに、連れて行きたいと思っておるのだ」

鷲鼻の言葉に、お主はうなずいた。

やがて、駕籠《かご》が置いてある場所へやって来た。

町駕籠ではなく、武家の使う駕籠だ。

駕籠かきたちも、こざっぱりとした身なりで、武家の使用人だと分かる。

お主は、駕籠に乗せられると運ばれて行った。

二

気がついた辰造は、とんでもないことになったと焦《あせ》った。

「お、お主ちゃん……」

追いかけようとして、しばらく近くを駆けまわったが、お圭や武士たちの影も形もない。

深夜ゆえに人通りもないので、見た者がいるのかどうかも訊くことも出来ない。

じりじりと身を焦がすような気持ちにかられて、辰造はからけつ長屋へと駆けて行った。

昼からずっと眠りつづけていた陣九郎は、辰造に揺り起こされ、大きな欠伸《あくび》をした。

「ねえ、どうしたらいいんでやしょう。あっしは、気がかりで気がかりで……」

辰造は、青ざめて涙目だ。

まぶたをこすりながらも、陣九郎は取り乱している辰造を落ち着かせて事情を訊ねた。

「お圭を連れて行った武士たちに、なにかこう目についたところはなかったか」

陣九郎の問いに、

「目についたところって……別にありやせんよ。夜中ですしね。顔つきは……」

鷲鼻の武士が四人の中でもっとも偉そうだったことと、しきりに脅《おど》した武士が眉と眉のあいだが狭かったことなどを、辰造は応えた。

「鷲鼻の武士なら、志垣の下屋敷で見た覚えがあるな」

「えっ……そうか、志垣の手の者だったんでやすね。で、でも、なんでお圭ちゃんを連れて行ったんでやしょう」

「その訳が分かれば、自《おの》ずとどこにいるのかが知れるのだが……」

志垣左門之丞の下屋敷に、お圭が忍び込んだことは、下屋敷の連中は知るはずもない。陣九郎たちが東吉を探すために博奕《ばくち》をしに行ったとき、覆面の取れたお圭の顔を見たが、それは陣九郎と辰造だけのはずだ。

「……ということは、前夜の騒動のせいではないだろう」

陣九郎が、ぶつぶつと思案を口にしていると、

「てえことは、あの侍たちは、志垣の家の者とは掛かり合いがねえってことになりやせんか」

辰造が首をかしげた。

「いや、そうとは言えぬぞ。ほかにお圭が騒動のたねを持っているのなら別だが、俺たちの知っていることだけで思案すれば、やはり志垣左門之丞につながっているのではないかと思う」

「するってえと、いってえ……」

「姉とそっくりということが、お圭を連れて行った訳かもしれぬな」

「な、なんでですかい。双子だってんで、里子に出した癖に。なにをいまさら」

辰造は息巻く。

「盗賊に襲われて殺されたと思っているのかもしれぬ。となると、妹だということで連れて行ったわけではないだろう」

「ああ、なんだか分からねえ」

「ただ似ているというだけで、連れて行ったのかもしれぬと言っているのだ」

「はあ……それで、なんで」

「それは分からぬ」

「なんだ、分からねえのは同じじゃねえですか」

「まあ、そうだがな……いや、違うぞ」

「違わねえですよ」

「そうかな」

陣九郎は、小鬢《こびん》をかいて苦笑した。

「いやいや、違った！」

辰造が自分の膝を思い切りたたき、

「くうっ……」

痛がりながら、

「志垣左門之丞の下屋敷にいた武家娘に似ているから連れて行ったんなら、また下屋敷でやすよ。あそこに連れて行かれたんだ。す、すぐに行きやしょう。きっとあそこだ。は、早く、手遅れになる前に」

辰造は、陣九郎をせき立てた。

「お前から聞いた鷲鼻の武士の様子では、すぐにお圭の身が危ないということはないだろう。それに、お圭のことだ、危険を感じたら自力で逃げ出してこられるさ。俺は腹が減っておるのだがなあ……」

陣九郎は腹をさするが、そんなことが辰造に通じるわけがない。お圭のことが真っ先だからである。

陣九郎は、仕方なく辰造にあおられるままに、長屋をあとにした。

あわただしく長屋の路地から出て行く二人を、部屋から顔を覗かせた袴田弦次郎は、首をかしげながら見ていた。

陣九郎と辰造が志垣左門之丞の下屋敷に着いたのは、九つ半（午前一時ごろ）になっていた。

外からうかがうが、寝静まっているようだ。

覆面をかぶると、鉤のついた縄を塀の外から投げ入れる。鉤が塀の屋根の縁に引っかかると、それを使って下屋敷の内側に降り立った。

（やけに静かだ。昨夜の今日というのに、見張りの気配もまったくない）

思い切って、屋敷の中に侵入してみる。

だが、やはり見張りはなさそうだ。というより……。

（人の気配がやけに少ない）

昨夜は、かなりの数の武士たちがいたのに、半分以上いなくなっている……そのような感じがしたのである。

（昨夜、お圭の姉は隠し部屋にいなかった。この屋敷にまだいたとしても、今日はもういないのだろう。そして、お圭を連れ去ったのが志垣の家来だったとしても、ここには連れて来られていない。この静けさと見張りのなさは、なにもここには大切なものがないからだろう）

東吉は逃げ出してしまっているし、忍び込まれても、なんの痛痒《つうよう》も感じないに違いない。

陣九郎は、そう判断すると、辰造をうながして屋敷の外へ出た。

「ここじゃないとすると、いってえどこでやしょう」

辰造は、まだ未練ありげに下屋敷の塀を睨んでいる。

「ほかに下屋敷があるのかもしれぬし、上屋敷なのかもしれぬ」

陣九郎の応えは、あまりに漠然としており、辰造は不満顔だ。

「俺たちは、いってえどうすりゃあいいんですよ」

辰造は陣九郎に食ってかかるが、

「そ、それは……」

さしてよい手を思いつけはしなかったが……

「お主が気がかりなのも分かる。思い切ったことをしてみるか」

陣九郎は、軽く溜め息をついた。

出来るなら、今はこれ以上危ないことはしたくなかったのだが、辰造の剣幕にあおられて、お主のことが陣九郎にも気がかりでしかたなくなってきたのである。

「な、なんでやす。俺は、なんでも木暮の旦那の言うとおりにしやすぜ」

目を光らせて辰造は言った。

三

陣九郎と辰造は、いまひとたび、志垣左門之丞の下屋敷に忍び込んだ。

やはり、昨夜のことがあったのに、警戒している様子がまったくない。

そろそろと廊下を奥のほうへ進み、人のいる気配のある部屋は、陣九郎が片っ端から覗いていった。

もし見つかって騒がれても、一目散に逃げ出せばいいのだから気が楽だ。

目的は達せられなくても、ほかに方法がある。だが、なるべく早く目的を成し遂げるに越したことはない。

いくつかの部屋を覗いたあと、数人の武士が寝ている大部屋に行き当たった。

(こいつは頼りなさそうな奴だな)

廊下にもっとも近い場所で寝ている、細面で顎《あご》のしゃくれたへちまのような顔の武士に目を止めた。

(一か八か、こいつにしよう)

陣九郎は、寝ているへちま顔の武士に当て身を食らわせた。

すとんと、一段深い眠りに落ちたように、武士の体の力が抜ける。

辰造を手招きすると、辰造の背にへちま顔の武士を背負わせた。

陣九郎は、気配に気づいて起き上がってくるかもしれない武士に備える。だが、皆、眠りこけていて、気がつく様子はない。

気を失った武士を、縄を使って引っ張り上げて塀を越させるつもりだったが、

「この分なら、庭を突っ切って、潜り戸から出られそうだ」

陣九郎は、辰造とともに、中腰になりながら、庭を横切った。

月が皓々《こうこう》としているので、闇に隠れることは出来ない。だが、誰も見ている者はいなかった。潜り戸を開けると、そこから外になんなく出ることが出来た。

拍子抜けするほどである。もっとも、寝ている武士をさらうなど、屋敷中の誰もが思っていないのだろう。

辰造が背負い疲れると、陣九郎が代わった。そして、武家屋敷が途切れた松島町《まつしまちょう》の雑木林に入った。

木の幹に寝間着姿の武士を寄り掛からせて、うしろにまわした両手を縄で縛った。

辰造が龕灯《がんどう》に火をつけると、陣九郎は武士に活を入れた。

陣九郎と辰造は覆面をしたままである。

呻《うめ》いて気がついた武士は、ここはどこだという顔をする。まだ寝ぼけ眼で、夢のつづきを見ているような気がしているようだ。

辰造が龕灯の明かりを武士の顔に向ける。

まぶしそうに顔をそむけようとする武士は、

「な、なんだ。ここはどこだ」

不機嫌そうな声を出した。

そして、手が背後にまわったまま動かせないことに気づき、

「いったいなんの真似《まね》だ。いますぐ縛ってあるものをほどけ」

口から泡を飛ばした。

「そうはいかぬ。いろいろ教えてもらわねば縄はほどけぬ」

陣九郎は、おもむろに大刀を腰から引き抜いた。

木の間から差し込む月の光にキラッと光るのが、龕灯のまぶしさに細められた目にも見えたようで、武士はぎくりと体を震わせた。

「これで脅したくはないのだ。脅しても話してくれぬと、勢いあまって傷つけかねない。だから、素直に話してもらいたい」

「な、なにを話せというのだ。いったい、拙者がなにを知っているというのだ。拙者

は、志垣左門之丞さまに仕える若党にすぎぬ」

武士の目は、陣九郎がだらりと下げた刀に吸いついている。

「昨夜までは、下屋敷にかなりの武士たちがいたが、あの者どもは、いったいどこへ行ったのだ」

「し、知らぬ。どこへ行ったのだろう」

「嘘をつくでない」

「う、嘘はついておらぬ」

武士は、激しく首を横に振った。

「こいつ、なにか隠してやすぜ」

辰造が陣九郎に小声で言う。

「いなくなった武士たちは、どこへ行ったのだ。おそらく町娘を連れてだ。どこへ行ったのか話してもらおう」

「し、知らぬ。町娘のことなど知らぬ」

陣九郎は大刀を使って、どうやって脅そうかと思っていたが……。

「きえいっ」

鋭い掛け声とともに、大刀を頭上で一閃させた。

すると、武士の頭にぽとりと落ちたものがあった。

髷《まげ》の上に乗った形になっており、武士のへちまのような顔には、ぬるぬるとした液体が頭から滴《したた》り落ちてきた。

「わわわっ」

あわてて頭を振ると、髷の上から離れたものは二つに分かれ、両肩の上に乗った。

「な、なんだ……」

龕灯の明かりが、肩に乗ったものを照らす。

「ぎゃあ」

武士は、悲鳴を上げると、身をよじって両肩からそれを落とした。

それは、陣九郎が斬った蝙蝠《こうもり》の死骸だった。しかも、頭から胴体まで真っ二つに縦に斬られており、半身ずつがそれぞれの肩に乗ったのである。

頭から顔面に滴るぬるぬるとしたものは、蝙蝠の血だった。

頭上を蝙蝠が飛び交っているのを見て、陣九郎はそれを斬ったのである。

(つい、曲斬りのようなことをしてしまったな)

陣九郎は、これが脅しになるだろうかと危ぶんだが、

「無用な殺生をしてしまったが、おぬしもこうなりたくなかったら、正直に話すこと

だ。どうだ、町娘をどこに連れて行ったのか知らぬか」

精一杯、恐ろしげになるように、声を低めて訊いた。

武士は、ぶるぶると震えて、声を出せないようだ。

(これはずいぶんと効き目がありすぎたかな)

陣九郎が一歩前に出て、武士を覗き込もうとすると、

「わわっ、は、話す、話すゆえ、刀を、刀を納めてくだされ」

あわてて言った武士は、ぶはっぶはっと口から唾《つば》を吐き出した。

口を開いたときに、蝙蝠の血が口に入ってしまったらしい。

武士は、膝を立てて、寝間着の裾で顔の血を拭くと、はあはあと息をついた。

「早く話せよ、この野郎、さもないと、この旦那が……」

「わ、分かった。町娘は、上屋敷だ」

「やはりか……ではなぜ、町娘を連れ去ったのだ」

陣九郎の問いに、

「それは……」

口ごもるところへ、

「言わぬと……」

陣九郎が刀を振り上げると、

「わわっ、止めてくれ。もう蝙蝠はたくさんだ。鼠《ねずみ》と似ていて気持ちが悪い」

あえぐように言うと、

「ま、町娘は、美里《みさと》さまにそっくりなのだそうだ。せ、拙者は見てはおらぬが、往来で見かけた岩佐さまが驚いておったのだ。だから連れて行ったのだと思うが、なぜかそのわけは知らぬ」

「岩佐……用人の岩佐か」

陣九郎の言葉に、

「そ、そうだ、なぜ知っている」

「そんなことはどうでもよい。美里さまと言ったが、志垣左門之丞の娘か」

「そ、そうだ」

「美里どのは、いまはどこにおられる」

「そ、それが……」

「言わぬと」

「わ、分かっておる。ただ、拙者も知らぬのだ。一昨日までは下屋敷におったのだが、とつぜんいなくなられてしまった。誰かが連れ出したのかどうか……上屋敷へ向かわれたのか……いや、そんなはずはない。拙者が美里さまの居場所を訊いたら、お前が知ることはないと、岩佐さまに怒られてしもうた」

知らないのは、どうも本当のようだと陣九郎は思った。

「いま、上屋敷にいるはずがないと言ったが、それには訳があるのか」

「そ、それは、お殿さまの名に掛かり合うゆえ……」

ちらりと陣九郎を見ると、

「いや、話すが、その……これは内密にしてもらいたい。おぬしらにそう頼むのは、どうも妙な話だが……」

「分かった。俺たちは、町娘の身を案じているだけだ。なぜ連れ去ったのか、その訳を知るために、美里どのというかたのことを訊いておるだけだ。ほかに漏らすことはないから案ずることはない」

陣九郎の言葉に、武士は救われたような顔になり、

「実は、美里さまは、気が触れておられるのだ。なぜそのようなことになったのか、拙者は知らぬ。つい三月《みつき》ほど前から、なんとなくおかしくなったと聞いておる……それで、下屋敷に連れて来られたのだが」

武士は、ずっと下屋敷に詰めているために、すでに気の触れた美里しか知らないの

だと言う。

「上屋敷はどこにある」

「向柳原《むこうやなぎわら》にある。医学館の近くだ」

「ふむ……よく教えてくれた。美里さまのことは内密にする。武士に二言はない」

「俺は武士じゃあねえが、二言はねえぜ」

辰造が笑って言った。

「なんで、美里どのに似ている町娘を上屋敷へ連れて行ったのか、おぬしには分からないと言ったが、なにか推量することはないのか」

陣九郎の問いに、

「拙者は、初めは美里さまの替え玉にでもしようというのかと思ったのだが、なぜ替え玉が必要なのかが分からぬ。なにせ、拙者のような若党には、なにも知らされないのだ」

武士は、自嘲気味に笑った。

「そうか。あとひとつ訊きたいことがあるのだが、下屋敷で夜中に出た女の幽霊だが、あれは美里どのなのか」

「そ、そうだ。口紅を耳の端まで引くので、口が裂けたように見えたようだ」

「やはりそうだったのか」

陣九郎は独りごつと、懐紙を使って刀の血を拭いた。とはいっても、蝙蝠を宙で斬っただけなので、ほとんど血はついていない。

刀を鞘《さや》に納めると、中腰になる。武士の顔を見て、

「悪いが、しばらく眠っていてもらおう」

言いざま、脾腹に拳《こぶし》で当て身を食らわせた。

武士は、首をがくんと垂れて気を失った。

「このままでは、ちと可哀相だな」

陣九郎は懐紙をさらに取り出し、武士のへちまのような顔についている血を拭ってやった。

そして、蝙蝠の死骸に手を合わせた。

四

向柳原にある上屋敷は、神田川に架けられた新《あたら》シ橋を渡った先である。

すでに八つ半（午前三時ごろ）に近い。まだ暗いが、朝の気配が濃厚になってきて

いる。

気が急《せ》く陣九郎と辰造は、早足で向柳原にやってきた。

「朝までになんとかしないと、明日からは見張りがきつくなるだろう」

陣九郎は、気がかりを口にした。

「お圭ちゃんは、無事でやしょうね」

辰造は、眠っていないことも忘れてお圭の身を案じている。

「美里どのの妹だとは思っていないかもしれぬ。だから、それについてはいまのところ案ずることはないような気がするが」

陣九郎は、自分に言い聞かせるように言った。

上屋敷の近くに来ると、屋敷の中に張りつめた気配が漂っていることに気がついた。どうやら、寝ずの番をしている者たちが多いようだ。

慎重に海鼠《なまこ》壁の土塀の上に登ってみると、屋敷の母屋の前に、見張りが立っている。ほかにもいそうだが……

（これはかなり厳重だが、なんとかなるか……）

陣九郎は、思い切って忍び込むことに決めた。

辰造も塀の上で、陣九郎を不安気な顔でうかがっている。

奥まったところに、お圭が捕らえられているとは思ったが、中で武士のひとりでも脅しつけてたしかめるのがよいだろうと、手順を思い描いていたときである。

どたどたと走ってくる足音が近づいてきた。

月明かりに武家屋敷に囲まれた道を走ってくるのは、武士のようだ。着流しかと思われたが、どうやら寝間着のようだ。

（あれは……）

さきほど当て身を食らわせたへちま顔の武士だ。

武士は、門に飛びつくようにして駆け込んでくると、激しく門をたたいた。

門番が顔を出すと、

「俺だ、川野《かわの》だ。この屋敷に賊が忍び込もうとしている。早く開けい」

大声で呼ばわった。

潜り戸が開けられると、へちま顔の若党川野は、中に入り、

「各々《おのおの》がた、各々がた！　賊が町娘を取り返そうとしておりますぞ」

これまた大声で叫びながら、屋敷の中へと入って行った。

「とんでもないことになったな。出直そう」

陣九郎が首を横に振ると、

「で、でも……」

辰造は諦めきれない様子だ。

「いま俺たちが捕まったら元も子もない。それに、すぐにお圭をどうこうすることはないだろう」

陣九郎の言葉に、辰造は渋々うなずいた。

そうこうしているうちに、屋敷の中は騒然としてきた。方々で明かりがつき、寝ていた者たちが起き出しているようである。

陣九郎と辰造は、塀から飛び降りて駆け出した。

からけつ長屋に戻って来たころには、東の空がうっすらと白くなってきた。


へちま顔の川野に活を入れて目覚めさせたのは、袴田弦次郎だった。

からけつ長屋を出た陣九郎と辰造を、尾けるともなく尾けていたのは、暇だったのと、どうしても金にしたい欲からである。

ただし、見失うなら見失ってもよいという尾けかただ。絶対に見失うまいとしていると、陣九郎に気づかれてしまう気がしていたのである。

それは、弦次郎にとって賢明な心構えだった。

見失ったと思っていたら、陣九郎と武士を背負った辰造を再び目にしたのである。かなり遠くからだったので、充分に姿を隠すことが出来、陣九郎にも気取られることはなかった。

なにやら松島町の雑木林の中でやっているようだったが、それを焦って盗み聞きすることもしなかった。

やがて、陣九郎と辰造が雑木林から駆け出して行くのを見て、武士はどうなったのかと雑木林に入ってみれば、気を失っている。

活を入れてやり、恩を売っておいたのは言うまでもない。

武士が誰の家来で、これからどこへ帰るのかを訊き出しておいた。

その夜のうちだと、陣九郎と鉢合わせをするかもしれない。後日、こっそりと訪ねて行って、そこで金をせしめることにしたのである。

からけつ長屋に戻ってきた辰造は、焦燥《しょうそう》で目がぎらついている。だが、眠っていないせいか、目の下が落ち窪み、隈《くま》がひどい。

「休んだほうがよいぞ。いまどうこう出来るわけでもないからな」

陣九郎の言葉に、

「お上に頼めねえでしょうか」

辰造は、役人に調べてもらえばよいのではないかと言うのだが、

「相手は直参旗本だ。町娘がひとり連れ去られたといって、動いてくれるとは思えぬ。それよりも、誰が役人にそのことを頼んだかが分かってしまえば、逆にこちらが身動き出来なくなるおそれがある」

陣九郎の説得にうなだれた。

「俺は、あのへちまのような顔の武士に、たしかに当て身を食らわせた。朝までは気を失っているはずなのだが……」

どうにも、陣九郎にはそのことが気になった。

「可哀相だなんて言ってたくらいでやすから、手加減したんじゃねえんですかい」

非難口調の辰造に、

「そんなことはない」

陣九郎は、しきりに首をひねっていたが、

「誰か通りがかりの者がいて、目を覚まさせたか……だが、夜中に雑木林の中だからな……まさか、飛んでいる蝙蝠が顔についた同類の血に気づいて、つっついて起こしてしまったのか」

妙なことまで思いついてしまうが、それはあり得ない気がした。

蝙蝠のように飛び交って、自分を利することばかり思案している弦次郎のせいだとは、思いもしなかったのである。


辰造は、お圭のことが気がかりで眠ることなど出来ないと言っていたが、とにかく部屋で横になっていろと言うと、すごすごと部屋に入った。

横になった途端に鼾《いびき》をかいて眠り出したのは、やはり疲れが溜まっていたせいだ。

陣九郎も、少し眠ろうと横になった。

（昼と夜がさかさまになってしまったな……）

これでは蝙蝠だと、また蝙蝠のことを思い出しているうちに、とろとろと眠ってしまった。

やがて長屋に朝陽が差してきた。

お圭は、志垣左門之丞の上屋敷に駕籠で運ばれていた。

座敷に通され茶を出され、それを飲んでしばらくすると眠ってしまったのである。

茶に眠り薬が入っていたようだ。

もっとも、前の夜は眠っていなかったので、薬がなくとも眠ってしまっていたに違いないのだが。

目が覚めたのは、朝陽が障子を通して入ってきたときである。

（ここはどこだろう……）

お主は、連れて来られた武士たちから、なにも聞いていない。

だが、わざわざお主に用があると言ってきたのだから、姉である志垣家の娘と関係がありそうな気がしていた。

ただ、妹だということは露顕《ろけん》していないはずである。とすると……

（あたしが姉さんに、そっくりなほど似ているからかな。……でも、どうするっていうんだろう……）

着物はここに運ばれたときのままで、夏用の薄い布団が体にかけられている。

障子は少し開き、そこから風が吹いてきており、暑くはなく、少し肌寒いくらいである。

朝陽が差し込んでいるので、障子に二つの影が映っている。武士が二人、座って番をしているようだ。

襖が左右にあるが、どうせそちらにも見張り番の武士がいるに違いない。

こうなったら俎板《まないた》の鯉《こい》だという気分に、お圭はなっていた。

すると、障子に新たな影が映った。茶を持ってきた女中の影だった。

ほどなく、朝餉《あさげ》の膳が運ばれてきた。

朝餉の膳としては豪勢なもので、刺鯖《さしさば》と呼ばれる鯖の塩漬けと大根の煮付け、香の物、そして、切った長芋と青菜を入れた汁である。

お圭が食べ終えると、女中が膳を片づけ、しばらくして、眉毛が濃く、恰幅のよい武士が現れた。

お圭の前に座るなり、しげしげと顔を見る。

「よく似ておるのう。瓜《うり》二つと言ってよいほどだ」

思わず口を突いて出たという様子だ。

「誰に似ているんです」

お圭の言葉に、

「おっと、口が滑った。わしは、岩佐字右衛門《あざえもん》と申す者だ。お前に頼みがある。頼みを聞いてくれれば、たっぷり金子《きんす》を取らせよう」

「どのようなお頼みですか」

「なに、ここでしばらく暮らしてもらえればよいのだ。きれいな着物をたくさん着せてやるし、髪も腕のいい髪結いに結い直させるぞ」

「しばらくって……あたしには、仕事があるから」

「どのような仕事だ」

岩佐の問いに、よし屋という居酒屋の女中だと応えると、

「その店にも金を渡しておこう。その金で、ほかの女を雇うに充分の金をな。そして、こちらの頼みごとが終わったら、またその店で働けるようにもしておこう」

「どうやってですか」

「金子をな、さらに置いておき、戻ってきたらまた雇えと言っておく」

岩佐は、それで文句はあるまいという顔をする。

なんでも金で収めようとする態度に、お圭は腹が立ったが、

「お頼みごとというのが、あたしには怪しげに思えます。なぜそんなことをするのか、その訳を教えてくださいな」

岩佐を見据えて言った。

しばらく思案の体《てい》であった岩佐は、

「よいだろう。話してつかわそう」

あっさりと承諾した。

五

「お前の名前はなんというのだ」

岩佐は、話し始める前に訊いた。

「お主って言いますけど」

「なるほど、お主か。お前とよく似た……とはいっても、身分も育ちも違うからな、自ずと備わった品や物腰などが違っておるがな」

「あたしがさつで下品だって言いたいんですね」

「……まあな」

「ふん、そりゃあそうですよ。あたしは、下世話な町方育ちですからね。で、あたしによく似た娘がいるってことですか」

「うむ。実はな、この屋敷の当主の姫君なのだ」

「へえ」

お主は、知っているが空惚《そらとぼ》けている。

「ところが、この姫君……名前を美里さまと仰《おつしや》るのだが、近ごろお体の具合が優れぬのだ。それで養生するために江戸を離れておられる」

「なにかの病ですか。労咳《ろうがい》とか」

「労咳などではない。ただ、ちと気鬱《きうつ》の病でな」

「へえ。なんで気鬱になるんだろう。こんなお屋敷に住む身分で」

お圭は、興味津々といった顔になる。

これは本心からだ。なぜ、姉が気鬱の病に罹《かか》ったのかが気になる。

「いろいろ、気苦労も多いからだ。お前などが詮索することではない」

岩佐は、太い眉毛を逆立てた。

お圭は、肩をすくめた。

「そういうわけで、この屋敷には美里さまはおらぬ。おらぬのだが、おらぬとまずいことがあるのだ。だから、顔がよく似ておるお前に、しばらくのあいだ、美里さまの代わりになってもらいたい」

「美里さまがここにいないと、どんなまずいことになるんです」

「それは言えぬ。知ったところでお前のためにならん」

岩佐はさらに眉毛を逆立てて、お圭を睨んだ。

「分かりましたよ。でもさ、あたしみたいな品のないのが、美里さまの代わりになるんですか。あたしは無理なんじゃないかと思うのですけど」

「いや、そんなことはない。美里さまの着物を着て座ったり立ったりと……それは女中がお前に指示を出すから、そのとおりにしておればよいのだ。ただ、人がいるところでは、ひとことも喋ってはいかんぞ」

「なんだか気ぶっせいなことですねえ」

「だから、金子をたっぷりやるので、我慢してくれ」

「お武家の娘のようには動けませんよ」

自ずと立ち居振る舞いに違いが出るのではということをお圭は言った。

「それは女中に言っておく。女中が教えてくれるだろう」

岩佐は事もなげに言う。

(そんなに上手くいくもんじゃないよ)

お圭は、すぐに武家娘のように立ち居振る舞いが出来るとは思えなかったが、

「なんとかやってみますよ。金子を払うっていう約束は守ってくれないと困りますからね」

「もちろんだ」

「それと、しばらくのあいだって、どのくらいのことなのですか」

「それは……」

　岩佐は、宙を睨んでしばし思案したが、

「しばらくはしばらくだ。五日かもしれぬし、十日かもしれぬ」

「十日よりもっと長くってことはありますか」

「あるかもしれぬ。その場合は、金子の上乗せをしよう。よし屋という店にもな」

「それは豪気ですね」

　お主は嬉しそうな顔で応えた。

（ここにいれば、美里っていう姉さんのことがもっと分かるかもしれないよ。しばらく様子を見ていよう）

　そして、運がよければ美里にも会えそうだと思った。

（でも、あたしが双子の妹だろうとは思いもしないのかな。それが妙だけどね）

　岩佐の顔をうかがうが、岩佐はほっとした顔をしているだけだった。

　実は、岩佐も、当主の志垣左門之丞も、美里の妹は盗賊に襲われた際に命を落としていると思っているのである。

　当時、店が襲われた際に、生き残った者はひとりもいないと奉行所が言い、瓦版《かわらばん》にもそう書いてあったのである。

そして、さらに店を襲った賊は、志垣左門之丞に、

「美里さまの妹御、美代さまは、俺が手をかけてたしかに殺しました」

と、伝えていたのであった。


朝陽が昇り、辺りが急に暑くなってきたが、陣九郎と辰造は眠りをむさぼっていた。とくに辰造は、まったく起きる気配もなく汗を垂らしながら鼾をかいていた。

陣九郎は、暑さに半睡状態である。すると、

「木暮陣九郎どのはおられるかな」

大音声が耳元で響いた。

「なんだ」

跳ね起きたが、近くに人はいない。

眠っているときは、大声を出されると、少し離れていようと耳元で発せられたように感じるものである。

目をこすりながら、長屋の路地に出てみると、

「木暮どの、いらしたか」

声をかけたのは、一昨日、陣九郎を訪ねてきた武士である。

「たしか、紺野どのであったかな」

陣九郎の言葉に、

「左様、紺野又十郎でござる」

一礼した姿に寸分の隙もない。

一昨日は、殺気を漂わせていたが、いまも同様だ。

「俺になに用か。おぬしの俺に向かって発している気配はただごとではないようなのだが」

「はっきりと殺気と仰っていただいてけっこう」

「ほう」

「拙者は、木暮どの、貴公を斬りにまいったゆえ」

気負いのない抑揚のない声である。それだけに、不気味といえた。

「剣呑だな。なぜ、俺を斬るのだ。訳を教えていただきたい」

「おぬしは、分かっておると聞いたが」

「ふむ……そうか、また涌井どのか」

陣九郎は、うんざりした顔になった。

涌井帯刀は、久住藩の江戸家老だったが、いまは隠居の身だ。

いまだに陣九郎に一人息子を斬られたことへの恨みをつのらせ、刺客《しかく》を差し向けてくる。

「金で雇われたのか」

陣九郎の問いに、

「もちろんそうだが、腕試しをしたいという気もある」

紺野又十郎は、ただの刺客ではないと言いたいらしい。

「しかたがない。降ってくる火の粉は払わねばならぬが、面倒なことよ」

陣九郎は苦笑いをすると、

「して、果たし合いの日時は、場所はどこだ」

「おぬしの都合を訊きたかったのだ。気ぜわしそうだったからな」

「そりゃあそうだ。いま取り込み中なのだ。できれば、これが終わってからがよいのだが、待ってはくれぬか」

「虫のよい頼みごとだな」

「それは重々承知の上でのことだ。だがな、長屋の仲間のことが絡んでおるのだ。放ってはおけぬ」

「ほう、長屋の者を仲間とな……おぬし、変わっておるな」

「なんとでも言ってもらおう」

「では、また出直してこよう。そうだな、七日後でどうだ。それまで逃げることはまかりならぬぞ」

「承知した。逃げたってしかたない」

陣九郎の言葉を聞くと、紺野又十郎は踵《きびす》を返した。

（律儀な刺客だな）

小鬢をぽりぽりかきながら、陣九郎は又十郎の後ろ姿を見ていた。


陽が高くなり、じりじりと暑熱が大地を焦がし始めたころ、誰も井戸端や路地にいないのを見計らって、袴田弦次郎はからけつ長屋を忍び出た。

目指すは、向柳原の志垣左門之丞の上屋敷である。

（ひょっとすると、東吉を追っているという武家も志垣の手の者かもしれぬぞ。こいつは、金の匂いがするな）

鼻をひくひくさせて、弦次郎は表通りに出た。

「むむう……このまぶしさと暑さはなんだ」

弦次郎は細い目を余計に細め、白い肌を火照《ほて》らせながら、はあはあと息を吐きながら、先を急いだ。

# 第五章　見世物小屋

一

袴田弦次郎は、向柳原にある志垣左門之丞の上屋敷に着くと、名を名乗り、前夜に松島町の雑木林で川野という侍を救ったと言った。

すぐに座敷に通されると、眉毛の太い恰幅のよい武士が現れた。

「拙者《せっしゃ》、用人を務めておる岩佐字右衛門と申す者です。昨夜、なにごともなく過ぎたのは、川野が駆け込んできて、賊が押し入ると報せてくれたからで、それはそもそも貴殿が雑木林で倒れている川野を介抱してくだされたおかげ。まことにかたじけないことでござった」

岩佐は頭を下げると、

「些少《さしょう》ではござるが、昨夜のお礼ということで、お納め願いたい」

うしろに控えた若党に、袱紗《ふくさ》のかかった三方《さんぼう》を弦次郎の前に置かせた。

若党は原田という美丈夫《びじょうふ》で、昨夜の川野は下屋敷に戻っている。

「あ、いや、そのようなお気遣いはなさらなくても……」

弦次郎は形ばかり遠慮する。

さらに岩佐に勧められ、

「では、いただきましょう」

袱紗を取って、三方の上に置かれた懐紙に包まれた金子《きんす》を押しいただいた。

(小判が二枚というところか)

もう少しもらってもよい気がした。

「ところで、拙者、事情があっていまは浪々の身で、しかたなく長屋住まいをしております。まわりの者どもは下賤《げせん》な者ばかりで、拙者は馴染《なじ》んでおりませぬ」

唐突な話に、岩佐はなにごとかと眉をいくぶんひそめたが、弦次郎はかまわず、

「このところ、長屋の者どもが騒がしく、なにごとかと思っておりますと、奴ら声が大きいので、自《おの》ずと漏れ聞こえてまいりました。どうやら、与次郎《よじろう》売りの東吉と申す者が、武家屋敷から逃れてきたと……」

「なに、東吉！」

岩佐は気色《けしき》ばんだ。

「おお、ご存じですか」

「存じてはおるが……」

なぜ、目の前の弦次郎が、下屋敷から逃げた東吉の名前を言ったのか、岩佐は訝《いぶか》しんでいる。

「いや、まったくの偶然なのでござるが、昨夜、ちと用があって松島町を歩いておりましたところ、同じ長屋の木暮という浪人と辰造という博奕打ちが雑木林から出てくるではありませぬか。なにをしていたのかと気になり、雑木林に入ると、川野どのが倒れておったという次第」

「ほう……それは、また」

岩佐は、眉毛を忙しく上下させている。

「拙者、まったくことの次第を存じませぬが、木暮たちは悪事を成しており、それが志垣さまのお屋敷と掛かり合っているのではないかと愚考した次第でござる」

「むう……」

ここにいたって、やっと岩佐は、弦次郎のことが分かってきたようだ。

（この男、どうやら金が欲しいのではないか。だから、わざわざここに来て、礼金をせしめた上に、またこのような……）

金で動く男なら、簡単である。金を渡せばよいのだ。

「貴殿の住んでおられる長屋に、まだ東吉はおるのかな」

「まだおります」

「長屋の場所を教えてはもらえぬか」

「もちろんお教えいたしましょう」

あとはとんとん拍子に進み、弦次郎は、さらに小判を二枚もらい受けて、志垣左門之丞の上屋敷を辞することになった。

弦次郎が帰ると、岩佐はすぐさま矢野巳之助を呼んだ。

「東吉のいる長屋が分かった。すぐに東吉を連れて来い。殺すのは、ひと目のないところでだ。だが、手こずるようだったら、その場で無礼討ちにしてかまわぬ。前と同じく、訳はなんとでもあとでつける。此度は抜かるなよ」

「はっ」

矢野は、しくじってなるものかと、顔に決意を漲《みなぎ》らせた。

矢野巳之助を先頭に、四人の武士たちが、からけつ長屋に飛び込んだ。

ときは四つ半(午前十一時ごろ)で、納豆売りの金八、振り売りの磯次、羅宇《らう》屋の信吉は、とっくに仕事に出ていた。

長屋にいたのは、八卦見の三蔵と、陣九郎、辰造、そして、ほかに数名の長屋の住人である。

その中に弦次郎はいない。弦次郎の密告によって、東吉の居場所が分かったと露顕《ろけん》したら、あとで具合が悪いからだ。弦次郎は、せしめた金で岡場所にしけこんでいる。

「くそっ、東吉はどこへ行った」

木戸番に東吉の部屋を訊き出したのだが、そこに東吉はいなかった。

「つい半刻ほど前に出かけて行きましたぜ」

たまたま三蔵が井戸端におり、矢野に言った。

「どこへ行った」

食いつかんばかりの矢野に、

「浅草奥山のほうで与次郎を売ると……」

三蔵の言葉に、矢野たちは、長屋の路地を飛び出して行こうとした。

だが……

「待て。隠れているやもしれぬ。長屋中探してみろ」

ほかの三人に言い、自らもすぐ近くの腰高障子を開けた。

そこは金八の部屋である。もちろん誰もいない。

ほかの部屋も、武士たちは有無を言わさずに上がり込み、障子の陰も探した。

まだ寝ている辰造は、顔を検《あらた》められた。だが、顔を見た武士は、博奕を下屋敷に打ちに来ていた男だとは分からなかった。

すべての部屋を探し、東吉がいないと分かると、やっと浅草奥山へと向かって行った。

「うまく騙されたようだな」

いつのまにか、陣九郎が三蔵の近くにいる。

厠を出たときに、矢野たちが来たので、厠の向こう側に隠れていたのである。下屋敷で、何人かの武士に見られているので、難癖《なんくせ》つけられると面倒だからだ。

「咄嗟《とっさ》に浅草奥山なんて言いましたが、まさかそこに行ってませんよね」

三蔵は、偶然の一致もあるのではと心配するが、

「与次郎売りは当分控えろと言ってある。商売をしに出かけたのではないだろう……だが、どこに行ったのだろうな。奴らは浅草で見つけられずに、また戻って来るだろう。それまでに、こっちが東吉を見つけておかぬとな」

どこへ行ったのかと、陣九郎は首をひねった。

二

東吉は、もう体は充分に回復したのだが、まだ与次郎売りはするなと言われていたので、昨日は部屋でじっとしていた。

だが、蒸し暑い中を、さらに一日、長屋の部屋にいるのは我慢ならない。

四つ（午前十時ごろ）に、手拭いを被り、菅笠を被って出かけることにした。

追手がいるかもしれないので、顔を隠すためだが、強い陽差しも遮《さえぎ》ってくれる。

見世物小屋にでも入って、妙竹林《みょうちくりん》なものでも見物しようと、昼すぎにぶらぶらと両国西広小路を歩いていた。

三蔵は、矢野に出まかせで浅草奥山と言ったが、同じ繁華な盛り場に東吉はいたのである。もし両国の広小路だなどと言っていたら、東吉は矢野たちに見つかってしまったかもしれない。

口の裂けた女という見世物が新たに出来たと、呼び込みが声を嗄《か》らしている。どこかの武家屋敷に出る幽霊の噂を元にした見世物のようだ。

木戸銭を払って中に入ると、人いきれでむせかえるようだった。

(暑いときにするような見世物じゃねえな)

ところが、暗い舞台に、四方から龕灯の明かりが放たれ、真赤な唇が耳まで裂けた町娘が照らし出されると、ゾーッと背筋が寒くなった。

実に綺麗な顔をしているので、なおさらに怖くなる。

ほんの少し見ただけで、明かりは消えたが、客たちは満足そうに小屋から出た。中は外より暑いということもあった。長く中には居られない。

(いまので十文は、安いのか高いのか、よく分からねえな)

などと東吉は思いながら出てきたのだが、

(だけどよ、いまの娘、どこかで会った娘に似ているような……)

そうだと東吉は手をぽんとたたいた。

(俺が捕まっていた屋敷で会った娘だ。目が虚《うつ》ろなのがそっくりだぜ。あんなに口は裂けてなかったけどよ)

そういえば、お圭という娘にも似ているなと思った。

(いまのは、お圭がやってたんじゃねえだろな)

ふと、そんな風な気がしてきた。武家屋敷にいた娘が小屋にいるとは思えないが、お主ならあり得る。しかも町娘の姿だった。

居酒屋で仕事をしていると言っていたが、それは夕方からだろう。すると昼間は、見世物小屋に出ていても不思議ではない。

（ちょいとたしかめてみるか）

興味をかきたてられて、東吉は見世物小屋の裏手にまわった。

小屋へ入る前に菅笠も手拭いも取って手に持ったのだが、そのままである。なんとか中の楽屋に入り込めないかと思ったが、それは無理のようだ。知り合いでもいればいいのだがなと諦め悪くたたずんでいると、

「おい、東吉じゃねえか」

声をかけられた。見ると、にこにこ笑っている顔に見覚えがあった。

東吉が以前に住んでいた長屋の住人で、松五郎《まつごろう》という。

もう十年も会っていないので、お互いに懐かしかった。

お互いのことを話していると、松五郎は見世物小屋で働いているという。以前は、振り売りをしていたはずだ。

「俺はもともと見世物が好きだったからな。そのせいで、なんとなくこの道に入っちまったのよ」

「へえ、好きなら楽しくていいな。ところでよ、この小屋の口が裂けた娘だがよ。ひょっとしてお主って娘じゃねえか」

東吉の問いに、

「さあてね。名前は知らねえんだ。てえか、喋らねえ。お前、ちょっくら会ってみるか。もうすぐ昼時だから、半刻ほど休みになるんだよ」

松五郎は、小屋の中へと入れてくれた。

薄暗い部屋に、その娘はひとりで座っていた。

「なにが面白いのか、昨日から居ついちまってな。それで見世物に出したんだよ。今日が初日だが、けっこう人が入って、親方も満足そうだ」

松五郎の言葉を聞きながら、東吉は、その娘の顔をしげしげと見た。

耳まで裂けた唇は、ただ口紅を分厚く耳のあたりまで塗っているだけのことだが、近くでも一瞬見ると、口が裂けているかのような迫力があった。

「お主……じゃねえのか」

違うような気がした。だが、やはり見覚えのある顔だ。

娘は、あらぬほうを見ており、その焦点は定まっていない。

「ちょいとな、気が触れているようなんだがよ」

松五郎が言ったとき、娘は東吉を見た。そして、

「与次郎」

と、つぶやいた。

「あっ」

思わず、東吉は声を上げた。

志垣という旗本の下屋敷で呼び止められ、少しだけ話した娘に違いない。あのときよりも、目が虚ろになってはいるが、たしかにあの娘だった。

（なんでこんなところに……）

東吉は、娘の顔を穴の空くほど見つめた。

娘は、東吉から目を逸《そ》らして、宙を見つづけている。

お圭は、用意してあった着物に着替えさせられ、女中に立ち居振る舞いを教わっていた。

なぜ、そのようなことをするのか、それとなく女中に訊いてみたが、はぐらかされてしまう。もっとも、簡単に教えてもらえるとは思っていなかった。

ただ、お圭が、美里がどこにいるのかと訊いたとき、

「それは……」

若い女中の顔に影が差した。

「あなたが知ることではありません」

年かさの女中が強い口調で言ったので、若い女中は、あわてて、

「そうですよ」

と言ったきり、ばつが悪そうな顔になったのである。

美里の身になにが起きているのか……お圭は一度も会っていない姉のことが気がかりになった。

自分とは違って、実の親とともに、武家屋敷で育てられたお姫さまである。だがなぜか、里子に出されて殺されかけ、盗人に育てられたお圭よりも、不幸になっているような気がした。

ひととおり挙措《きよそ》が出来るようになると、昼餉《ひるげ》を挟んで、庭に面した縁側に出された。そこでただ庭を愛でていろと、年かさの女中に言われたのである。

座っているうしろには、その年かさの女中と、さきほどの若い女中が座って控えている。

座った場所は、庇《ひさし》に陽の光が遮られている。だが、この日はあまり風が吹かないた

めに、けっこう暑かった。

陽炎《かげろう》の立つ庭を眺めているだけで、実に退屈な仕事だった。

ぼーっと庭を眺めていると、ふと視線を感じた。

視線の元を見ると、白髪交じりの初老の武士が、離れた場所の縁側に立って、こちらを見ている。武士は、お圭と目が合うと、軽く会釈《えしゃく》をした。

「会釈を返しなさい」

年かさの女中が小声で言う。

(そんなこと分かってるよ)

お圭は内心の舌打ちを顔に出さず、少し微笑《ほほえ》んで会釈を返した。

初老の武士も笑みを浮かべた。

すると、武士は声をかけられでもしたのか、背後を振り向いてうなずき、濡れ縁を向こう側へ遠ざかって行った。

(客のようね……ひょっとすると、いまのような客に、あたしを見せるために座らせているのかな)

もっとも、お圭を見せるためではなく、美里を見せるためだろうと思う。

(美里姉さんは、隠し部屋に捕らわれていたのかもしれない。すると、心を病んでいるのを隠すために……）

そのように思えてきた。

美里は、下屋敷に戻っているのだろうか……お圭は、庭を眺めながら考えていた。

その姿を、離れた濡れ縁の角からうかがっている男がいた。

体格のよい厳《いか》めしい顔つきの武士である。

上唇の上に髭《ひげ》をたくわえていた。

東吉は、なぜ娘が小屋にいるのか、松五郎に詳しく訊いた。

最初に出くわしたのは松五郎だという。

「昨日の夜だよ。小屋の脇に立ってたんだ。どうしたって訊いたらさ、笑ってるだけでさ、綺麗な顔してんのに、なんか目がどこ見てるか分からねえだろ。怖くなってさ、小屋主を呼んだんだよ」

すると、小屋主は、

「この娘、いかれてるんだな。どこの誰だか分からねえから、誰かが連れ戻しに来るまで見世物にしちまおう」

いい思いつきだろうと笑ったそうだ。

「武家娘だぜ。あとで難癖つけられるとは思わなかったのかよ」

東吉が言うと、

「俺もそう言ったら、小屋主がよ、町娘の恰好にして、最初からこうだったたって言い張れば大丈夫だと言うのさ。それに、気が触れてんだから、おおっぴらに文句も言えねえだろうてね」

「ふうん」

たいした商売っ気だと、東吉は感心した。

（こいつは、早速、木暮の旦那に報せなくちゃならねえな）

東吉は、松五郎に娘を見せてもらった礼を言うと、小屋をあとにした。

松五郎には、武家屋敷で娘と会ったことなど、一切話さないでおいた。

三

陣九郎は、からけつ長屋で、これからどうすべきかを思案していた。

お圭のことも、東吉のことも気がかりだ。

（お圭を奪い返すことは、なんとか出来るかもしれぬが、そのあとが気がかりだ。東

吉もそうだ。ただ逃げているだけでは、同じことの繰り返しになってしまう。禍事《まがごと》は、その根を断たねばならぬ)

そうでないと、禍《わざわい》は形を変えて襲ってくるだろう。

(志垣左門之丞……この旗本にあたってみるしかないか。あるいは、用人の岩佐という男に……)

直《じか》に会ってみれば、禍の根を断つための手がかりが見えてくるかもしれないと、陣九郎は思い始めていた。

ただ、それは陣九郎の身を危うくするおそれが多分にあるのだが。

そうこうしているうちに、浅草奥山で東吉を見つけられなかった武士たちが、またやってくるかもしれない。

その前に東吉が帰って来てくれればよいがと、陣九郎は路地に出て木戸のほうを見るともなしに見た。

すると、その東吉が急ぎ足でやってくるのが見えた。

「木暮の旦那!」

東吉は、陣九郎を見ると、駆け寄ってきた。

「おい、ここは危ない。どこかへ移ろう」

陣九郎は、東吉に話をさせる前に、身のまわりのものを持ってこいと言った。武家屋敷の追手の者が、さきほど長屋に来たと告げると、東吉は青くなって部屋に飛び込んだ。

風呂敷包みを持って部屋から出てきた東吉と陣九郎は、表通りに出た。追手の武士たちがいないのをたしかめてである。

竪川沿いに出ると、両国とは反対側に歩く。浅草奥山から戻って来るとしたら、両国橋を渡ってか、あるいは両国橋の袂《たもと》か竪川岸に舟を着けるかのどちらかだ。なるべく長屋のある場所から、遠ざかっていなくてはならない。

だが、この二人に気づいた者があった。

岡場所で女郎の不興を買い、追い出されてきた弦次郎である。

弦次郎がしつこく女郎をいたぶり、止めてくれと言われると、殴りつけた。女郎が叫び声を上げ、岡場所の用心棒が部屋に入って来ると、弦次郎を有無を言わさずに追い出したのである。用心棒は、町方の若造である。

「き、貴様、俺は武士だぞ……」

無礼討ちにしてやろうと思ったが、その用心棒は、太い腕を剝き出し、片手には棍《こん》棒《ぼう》を持って弦次郎に対した。

とても、弦次郎では歯が立ちそうもなく、すごすごと退散してきたのである。

「あいつら、莫迦《ばか》にするのもたいがいにしろ」

弦次郎は、収まらぬ怒りを口に出しながら歩いていたのだが、ふと前を見覚えのある浪人と町人が歩いているのに気づいた。

町人は、手拭いで頬被りした上に菅笠を被っているが……。

(あのうしろ姿は、木暮と東吉ではないか……すると、まだ東吉は捕まってはおらぬのか)

志垣左門之丞の上屋敷にいた武士どもが、捕らえ損ねたに違いない。

(もっと金をいただけそうだ)

東吉が風呂敷包みを背負っているのを見て、どこかへ身を隠そうとしているに違いないと弦次郎は看破したのである。

充分あいだを空けて、弦次郎は二人のあとを尾け始めた。女郎や用心棒に対する怒りは、忘れていた。

陣九郎は、武士たちの姿が見えないので、東吉を急かせて二ッ目之橋の脇を通り、相生町から緑町《みどりちょう》へと入り、そこにある蕎麦屋《そばや》に入った。

奥の衝立《ついたて》の向こうに座ると、ひと息つく。

酒が運ばれてくると、歩く道々、東吉が我慢出来ずに話した見世物小屋の娘の話を、もう一度詳しく聞いた。

「どうも、志垣左門之丞の娘は、ひとりで出て来たようだな。どうやって出たのかは分からぬが、そのことがあったので、お圭を連れて行ったのかもしれん」

お圭は、美里に似ていることから、美里の身代わりにされるのだろうと、陣九郎は言った。

もちろん、志垣左門之丞の家来たちは、美里を探しているのだろう。

お圭が美里の身代わりなら、美里が見つかれば用済みだ。そのときに、お圭の身が危うくなるかもしれない。

美里の身柄は、先に確保しておきたい。それが、お圭を救うための手駒になるに違いない。

「蕎麦を食べたら、広小路へ一緒に行ってくれぬか。お前を危ない目に遭わせるおそれがあって心苦しいのだが、美里どのを連れて来る手助けをしてもらいたいのだ」

陣九郎の頼みに、

「承知しやした。あの娘も見世物にされたまんまじゃ気の毒だ。俺だって、閉じ込められた恨みを、なにかで晴らしてえんだ。駄目だって言われても、お供しますぜ」

東吉は勢い込んで応えた。


蕎麦屋から出てきた陣九郎と東吉は、来た道を引き返し始めた。

驚いたのは、弦次郎である。

川岸の杉の陰にいたのだが、あわてて隠れた。

そろそろと顔を出してみると、なぜか東吉の背に風呂敷はない。

あとを尾けて、東吉が隠れる場所を知ろうと思っていたのだが、

（蕎麦屋を隠れ家にするつもりか……）

ひょっとしたら、蕎麦屋に空いている部屋でもあるのかと弦次郎は思ったが、ともかくこのままあとを尾けることにした。

東吉は、蕎麦屋に頼んで風呂敷を預けてきたのである。あとで取りに戻るつもりであった。

志垣左門之丞の家来たちと出くわさないように、陣九郎と東吉は前方に注意を払いつつ歩く。見かけたら、すぐに路地に隠れるつもりだった。

志垣左門之丞の上屋敷では、左門之丞が、ひとり庭に面した座敷に座っていた。がっしりとした体軀で、顔つきは厳めしい。

唇の上に黒々とした髭をたくわえている。

障子は開け放たれ、濡れ縁から座敷の畳まで陽が差し込んでいる。

庭から風が吹いてくると、軒下の風鈴が涼しげな音を響かせた。

庭の縁石の向こうに、男が現れ片膝をついて頭を下げた。黒い筒袖を着た、一見絵師か医者といった風情《ふぜい》である。

「志垣さま、お呼びでございますか」

片膝をついた男は、頭を下げたまま訊いた。

「万蔵《まんぞう》、お前には、いろいろと働いてもらっているが、十六年前の蔵田《くらた》屋の件で、ちと尋ねたいことがあるのだ」

「なんでしょう」

万蔵と呼ばれた男は、顔を上げて訊く。

額の生え際に斜めに傷があり、垂れてはいるが切れ長の目をしている。

「蔵田屋に夜盗に入り、皆殺しにしたな」

左門之丞の声は、なにか抑えた響きがあった。

「そうです」

「そのときに、夜叉子《やしやご》である美代も、たしかに殺したのだな」

「殺したかと……」

「その応えはおかしいではないか。たしかに十六年前、お前は美代を殺したと言ったのだがな」

抑えた響きが怒りを帯び始めた。

「はい。たしかに……生まれたばかりの娘を殺しました」

「それは、美代だったのだな」

「……はい」

万蔵の返事が遅れた。

「なにか隠しておるな。正直に言え。もししくじっていたのなら、その取り返しをしてもらわねばならぬ」

「嘘をついていたわけではないのです。たしかに乳飲み子を殺しましたが、あとで蔵田屋には乳飲み子が二人いたということが分かったのです。ひとりしかいないと思い込み、その乳飲み子が美代さまだと……」

「乳飲み子がひとりいなくなっていたというわけか」

「はい」

「なぜ、それをすぐに言わなかった」

「分かったのが、だいぶあとになってからで、美代さまが生きているという話も入ってきませんものでしたから」

「それでも影無組《かげなし》か。武士なら切腹ものだぞ」

左門之丞は、吐き捨てるように言った。

その厳めしい顔のこめかみに、青筋が立っている。

「はっ」

万蔵は、ただ頭を下げるのみである。

左門之丞は、道理よりも迷信に重きを置く偏狭な心の持ち主で、自分にとって邪魔な者は、影無組に始末させてきた。

「なぜ、いまになって、わしがこのようなことを訊くのか、その訳が分かるか」

「……いえ、一向に」

「岩佐が町で見かけた娘が美里によく似ていると言うので、連れて来させた。その娘を、いなくなった美里の身代わりにさせているのだが……似ているなどということを通り越して瓜二つなのだ。これをどう思う」

「……つまり、町中にいた美代さまを、岩佐どのが偶然見つけられたと……」

「そうに違いない。お圭と名乗っているが、それはあとでつけられた名前で、美代に間違いない。だから、おぬしを呼んで、たしかめたかったのだ。おぬしらしくもない手抜かりがあったのではないか」

「はっ……」

短い返事も、弱々しくなった。

左門之丞は、大きな溜め息をつくと、

「わしは、とにかく怖い。夜叉子が生きておったのだ。美里の気の病も、そしていきなり姿を消したのも、寿美代の具合が悪いのも、すべて夜叉子の禍に違いない」

「ただちに殺しましょう」

万蔵は、いまにも刀を抜きそうな殺気を放った。

「待て。いまはいかん。というのも、美里の身代わりを上手く務めているからだ。これが終わったのちに、あるいは、美里が見つかったなら、そのときは、すみやかにお前が殺せ。たぶん、一両日中には終わるので、そのときはまた伝える」

「承知いたしました」

「十六年前のお前の過ちが、いまも尾を引いておるのだぞ」

「ははっ」

万蔵は、深く頭を下げた。

左門之丞は、まだ万蔵を責め立てたいようだったが、深く息を吐いただけだった。

こめかみの青い筋はまだ消えてはいない。

万蔵は、影無組の頭領である。

影無組とは、何代にもつづいて旗本のために影で働く闇の集団だ。その存在を知っている旗本はかぎられている。

志垣家など、かぎられた旗本は、影無組を使って裏でいろいろな悪事をして金を作り、それがあとあと将軍のためになると信じている。

つまり自分たちが生活に汲々《きゅうきゅう》としていては、いざというときに将軍を守る役目を果たせないからという理由である。

もちろん、金のためではなく、徳川家のためになることにも、影無組は使われて、成果を上げていた。

影無組は、なにもしないときでも、定期的に金を受け取っているので、暮らしには困らない。

志垣家は、旗本の中でも代々将軍への忠誠心が強く、それゆえに影無組を使ってきた。ところが、左門之丞の代になると、常軌を逸した使い方をし出した。影無組は、それを拒むことが出来ない定めなのである。

(あのとき……俺は、手下が乳飲み子を殺すところを見て、吐き気がした。早く、あの場所から出たかったが、あの乳飲み子が美代さまでないと分かっていたような気がする……)

だが、もう赤子が殺されるところを見るのが嫌で、美代ではないのではないかという疑念を無理矢理封印してしまった。

(そもそも、夜叉子だからといって殺すことなどないではないか)

左門之丞の世迷《よま》い言にもうんざりする。だが、そのようなことは、おくびにも出すことは出来なかった。

代々、旗本に裏で仕えている家系である。言われたことを粛々《しゆくしゆく》とこなしていくのが定めであった。

(もう十六になった娘なら、躊躇《ためら》わずに殺せるか)

万蔵は、早く以前のしくじりを帳消しにしたかった。

四

見世物小屋へ行くまで、陣九郎と東吉は、矢野巳之助たちと出くわすことはなかった。まだ浅草奥山を探しまわっているのだろう。

暑いが、見世物小屋は繁盛《はんじょう》していた。口の裂けた女は、特に人気の見世物で、物見高い客で込み合っている。

陣九郎と東吉は、離れたところから、小屋の前に並んだ大勢の客たちを見ていた。

「こいつは連れ出すのは難しそうでやすね」

東吉は、弱った顔で言った。

「夜も更けなくては無理かな」

陣九郎はしばし腕を組んで思案していたが、

「一か八かやってみるか」

腕をほどき、東吉の耳にひそひそとなにごとか語り出した。

「ようがす。やってみやしょう」

東吉は、ぽんと両手を打った。

陣九郎の考えたとおりにするために、二人は柳原通りへと向かった。
神田川沿いに出たときである。
向こうから歩いてくる武士の四人組が目についた。
「志垣の家来どもだ。隠れよう」
陣九郎は東吉と、路地に入った。
浅草奥山で東吉を探して、ついに見つからずに戻って来たのだろう。
路地の暗がりに潜んで、もういいころあいだろうと思って、柳原通りに出た。
すでに武士たちの姿は見えなくなっている。
柳原通りに出たのは、昼間は古着屋が軒を連ねているからである。
古着屋は、床見世《とこみせ》といって小屋掛けの露店で、夜になると小屋を片づけてしまう。
代わりに夜の柳原通りは、夜鷹が出没する場所となる。
陣九郎と東吉は、古着屋を見てまわりだした。
東吉は、相変わらず手拭いで頬被りをした上に、菅笠で顔を隠している。
ところが……。
「あれだ」
声がして、走る足音がし出した。なにごとかと陣九郎が振り返ると、なんと矢野巳之助と三人の武士が三十間（約五十五メートル）ほど離れたところから、こちらに向かって駆けてくるではないか。

彼らの視線の先には、どうやら東吉がいる。

（なぜ、東吉だと分かったのだ）

陣九郎は、初めはなにかの間違いかと思ったが、そうではなさそうだと分かった。

東吉に逃げろと声をかけ、

「いったん向こうへ逃げて、遠まわりしてから、広小路の小屋の裏で待っていろ」

と付け加えた。

東吉はうなずき、神田川の上流のほうへと川岸を駆け出した。

「待て！」

矢野たちが近づいてくると、陣九郎は両手を大きく広げて立ちふさがった。

「邪魔だ、退《ど》け！」

矢野が叫ぶが、陣九郎は動かない。

先頭を走っている武士が、かまわず陣九郎の横をすり抜けようとしたが、陣九郎の足がひょいと出て、足を取られた武士は激しく転倒した。

「無礼な！」

矢野は、足を止め抜刀した。あとの二人の武士も、矢野に倣《なら》い足を止めた。勝手に東吉を追いかけられたら、陣九郎にとっては困るところだったが、武士たちは矢野に従っているのが常なので、そうした判断が出来なかったに違いない。

古着の床見世の商人たちと客たちは、驚いて八方に散って行く。

「おぬし、屋敷で博奕をしていた浪人ではないか」

矢野は、陣九郎の顔を下屋敷で見ていたらしく、思い出した。

「さては、東吉の逃亡に、おぬしが噛んでいたのか」

ぎりぎりと歯ぎしりしそうな顔で、矢野は陣九郎を睨みつけ、

「この浪人を成敗いたせ。屋敷に忍び込んだ狼藉《ろうぜき》者だ」

言うなり刀を振りかぶった。

「うりゃあ」

掛け声もろともに、陣九郎に斬りつけたが、陣九郎は体を逸らして、なんなく避けてしまった。

「なかなか鋭いが、所詮は道場剣法のようだな」

陣九郎は、刀の鯉口《こいぐち》を切った。

「な、なにを!」

侮辱された怒りで、矢野は真っ赤になった。

「くらえっ」

武士のひとりが横から突いてきた。

横に飛んでかわすと、陣九郎は刀を抜いて一閃させた。

武士の髷《まげ》がぽろりと落ちる。

あわてる武士の横から、もうひとりの武士が斬りかかってきた。

陣九郎は刀を避けながら、前に出ると、峰に返した刀で武士の手をたたいた。

鈍い音がして、武士が刀を落とした。

「うっく……」

武士は、手を押さえて膝をつく。

髷を切られた武士が、気を取り直して陣九郎に斬りつけようとしたときには、刀の峰が首筋をたたいていた。

倒れた二人の武士を見て、矢野は呆然《ぼうぜん》となっている。

初めに足をひっかけられて倒れた武士が、ようやく起き上がった。

倒れたときに、地面に顎《あご》をしたたかに打ちつけたようで、擦《す》りむけて血が出ている。さらに、足元がおぼつかない。顎を打ったために、目眩《めまい》がしているようだ。

「く、くそお……」

矢野は、憤怒の色を声に滲《にじ》ませ、

「たあーっ」

捨て身の覚悟で、陣九郎に斬りつけた。

だが、刀は空を斬り、陣九郎の体は横にあった。斜め左に跳んで避けたのである。

勢い余って、矢野の体は前に泳いだ。

陣九郎は、刀から左手を離し、その手を拳にして矢野の脾腹《ひばら》を強く突いた。

矢野は、白目を剝きだして、倒れ込んだ。

刀を鞘に戻すと、遠巻きにして見ていた商売人や客たちが、やんややんやと喝采を上げ始めた。

陣九郎は、照れくさくなり、小鬢《こびん》をかきながら、しばし思案したが、東吉の逃げたのと同じ方向へ歩いて行く。

遠まわりでも、逆へ向かったほうが、広小路の見世物小屋に美里がいると勘づかせないで済むと思ったのである。

(美里どのを知っている者が見世物を見たら、すぐに分かってしまうだろう。早く連れ出さねばならぬのだが)

そのために、柳原通りの古着屋で物色していたのだが、志垣家の家来がまだいるので、そこで買い求めるのは難しくなってしまった。

（ま、古着屋はほかにもある）

陣九郎は、足を急がせた。

手を打たれた武士は、ようやく痛みに耐えながら刀を鞘に納め、倒れている矢野を介抱しはじめた。

武士のひとりは倒れたままで、もうひとりの武士は、目眩が治まり始めていた。しきりに首を振っているばかりで、陣九郎のあとを追う様子はない。

見物している者たちのうしろで、背伸びをして顚末を見ていた弦次郎は、落胆の溜め息をついた。

弥次郎が陣九郎と東吉を尾けていると、向こうから志垣家の家来たちがやってきた。陣九郎たちが隠れたあと、家来たちに近づき、東吉が手拭いで頬被りをして、菅笠をかぶっていること、浪人者と一緒にいること、そして、いましがた路地に隠れたことなどを話した。

矢野はすぐに引き返し、古着屋を物色している二人を見つけたのである。

（あの体たらくじゃあ、俺に金を払ってはくれぬな……）

弦次郎は、顔をしかめて舌打ちした。

陣九郎は、八辻《やつじ》ヶ原《はら》で東吉に追いついた。東吉は、足をゆるめて、陣九郎が来ないか振り向きつつ、ゆっくり歩いていた。

小屋の裏で落ち合うはずが、その必要はなくなっていた。

「なんで奴ら、俺だと分かったんでやしょう」

東吉は、しきりに首をひねる。

「なぜかな……」

誰かに尾けられていたのかと思うが、その誰かが分からない。

さらに歩き、今度こそ尾けられていないかたしかめ、昌平橋を渡った。神田川の対岸に出ると、町中に入って、西広小路のほうへ戻ろうというのである。

途中、古着屋を見つけると、美里を連れ出すのに必要なものを買い揃えた。

役者の舞台衣装や、南蛮人の着物など、なんでそんなものが古着屋に、というものまであるのだが、陣九郎が買ったのも、その類《たぐい》のもので、武家が着る小袖と袴、頭巾、そして裃《かみしも》である。

なにも登城するわけでもないので、裃は大袈裟《おおげさ》だが、それが効果を発揮すると、陣九郎は踏んだのであった。

西広小路に戻ったのは、夕暮れ近くになってしまった。

すでに陣九郎は、空き地を見つけて裃姿に着替えている。月代《さかやき》の伸びた髪を隠すために頭巾をかぶっていた。

元の着物は、東吉が風呂敷に包んで持っている。

陣九郎はひとりで見世物小屋の裏口の戸をたたいた。

「なんでやしょう」

顔を見せたのは、東吉の知り合いの松五郎だ。

「拙者、名前は公《おおやけ》に出来ぬのだが、さる旗本の用人を務めておる者だ」

「へ、へえ……」

松五郎は、見世物小屋の裏などという場所で、裃をつけた武士が話しているので、目を白黒させている。

陣九郎は、あたりをはばかるような仕種《しぐさ》をして、

「小屋主に会いたいのだが、中で話せぬか」

切迫した口調で言う。

「へ、へえ、いいでやすよ」

松五郎は、陣九郎を中へ入れた。

すぐに小屋主を連れて来ると言い、その通り、松五郎は、禿《は》げ頭の太った男を連れて戻って来た。

小屋主は、善兵衛《ぜんべえ》と名乗った。

陣九郎は、松五郎に言ったことをもう一度言い、

「ここで、口が裂けた女の見世物を出しておるだろう」

急にきつい口調になり、声も大きくなる。

「へえ、そうでやすが」

善兵衛は、陣九郎がなにを言い出すかと身構えた。

「実はな、それを見たうちの若党が、あの娘は、拙者の仕える主人の姫さまだというのだ。昨日の夕刻、屋敷から消えてしまったのだがな」

陣九郎は、今度は声をひそめて話す。

「へ、へえ……ですが、あの娘は町娘ではないかと」

「恰好はそのようだが、若党はぜったいに姫さまだと言っておる。そこでだ……」

陣九郎は、善兵衛をじっと見ると、

「拙者が、会ってみようと思う。違ったならよいのだが、もし姫さまだということに

なり、それが世間に知られると……」

言葉を切って、善兵衛を睨み付けた。

「ど、どうなるんで……」

善兵衛の顔が青ざめてきた。

「由緒正しき武家の娘を見世物にするなど言語道断。無礼にもほどがある。即刻、お前の首を刎《は》ねねばならぬ」

陣九郎は、怒鳴りつけんばかりの調子で言った。

「げえっ」

善兵衛は、陣九郎の気魄《きはく》に押されて、尻餅をつきそうになる。

「だから、もし姫さまなら、早く屋敷にお帰しせねばならぬのだ。すぐここにお連れするように」

陣九郎に急かされて、善兵衛は舞台のほうへと走って行った。

舞台から美里を連れて善兵衛が楽屋へやってくると、

「ひ、姫さま！」

陣九郎が声をかける。

すると、美里は、はっとした顔になり、虚ろな顔に一瞬険しい表情が浮かんだ。

「姫さま、お屋敷にお帰りにならなくてはいけません」

陣九郎が歩み寄ると、美里は首を横に振った。

それも一度ではなく何度も激しく、首を横に振りつづける。

「それほど、お嫌なのですか」

陣九郎は、美里に飛びつくようにして近寄った。

自分の体を楯に、善兵衛と松五郎には見えないようにして、美里に当て身を食らわせた。

ふらっと美里が倒れ込むのを、陣九郎は受け止めて、

「姫さま、如何《いかが》なされました」

血相を変えて叫んだ。

善兵衛と松五郎は、なにが起きたのかと固唾《かたず》を呑んで見ている。

「気を失われたようだ。外に駕籠を待たせてある。このまま連れて行くぞ」

有無を言わさぬ態度で、陣九郎は美里を抱えると、裏口から外に出た。

小屋の近くで駕籠が待っていた。東吉が手配しておいたのである。

東吉は、松五郎に姿を見られてはいけないので、隠れていた。

美里を駕籠に乗せると、陣九郎は駕籠の横について小走りになった。

善兵衛と松五郎の視界から、あっという間に駕籠と陣九郎は消えてしまった。
東吉は、あいだを空けて、陣九郎たちのあとについて行った。

# 第六章　律儀な刺客

一

美里が気がついたのは、緑町の船宿だった。

蕎麦《そば》屋に預けた東吉の荷物は、途中で持ってきていた。

美里は、気を失っているので、なんども駕籠《かご》から落ちそうになり、その都度、陣九郎か東吉が支えていたのである。

駕籠かきには、病に罹《かか》った娘を医者に運ぶと言ってあった。

目指す場所に行き着く前に、駕籠から美里を降ろした。

美里を抱えて、誰もあとを尾《つ》けていないことをたしかめたのち、緑町三丁目の船宿津田《つだ》屋に泊まることにしたのである。

部屋は二つ借りた。ただ、美里をひとりにしておくことは出来ないので、まずは一部屋だけを使った。

気がついた美里は、そこがどこなのか、珍しそうに見まわしていたが、怯《おび》えているような様子はない。

美里は見世物小屋では逃げ出そうとしたが、なぜか船宿の部屋では、大人しく座っていた。見世物小屋では、志垣家の上屋敷に連れ戻されると思ったからなのだろうか。

東吉が与次郎を渡すと、それで遊んでいる。

「前に会ったときは、ちゃんと話してくれたんでやすけどね。まあ、おかしいっちゃあ、おかしかったんでやすが」

東吉が首をひねる。

下屋敷の庭で話したときは、与次郎について話をしたくらいなのだ。

「病が重くなったのだろうか」

陣九郎は、美里を見て痛ましく思った。

なに不自由ない暮らしを送っているはずの旗本の息女だが、武家に生まれたがための理不尽さに苦しめられたに違いないと、陣九郎は思った。

同じ武家ならばこそ、分かることである。

陣九郎も武家でなければ、刺客に命を狙われることもなかっただろう。

（それにしても、ここまでになるというのは、よほどのことがあったのだな。なんとかして、元に戻せないものだろうか……）

美里は陣九郎の視線などには気づかずに、一心に与次郎で遊んでいた。

お主は、ようやく夕方になって、縁側に座らずに済んだ。

（誰かに、あたしを見せるために座らせてたんだ。あの人にかな……）

思い出すのは、白髪《しらが》交じりの武士である。

ほかには、見られている視線は感じなかった。だが、気づかなかったということもあり得ることだ。

明日も同じことをつづけなくてはならないのかと思うと、うんざりする。

だが、辞めたいと言っても、聞き入れてはくれないだろう。

（今夜にでも抜け出してしまおうかな。でも、それでは、美里姉さんの消息が分からないわね……どうしよう）

お主は、溜め息をついた。

志垣左門之丞の上屋敷は、夜も更けて寝静まっていた。

だが、お主はまんじりともしていない。

眠ろうとしているのだが、枕が変わったせいか、一日中座っていたせいで疲れていないのか、なかなか眠気が襲ってこないのである。

お主の寝所には、衝立《ついたて》が立てられ、その向こうに、女中が寝ている。お主の世話をするためと、監視の役目もあるのだろう。だが、夜は眠ってもよいらしく、ずいぶん前から軽い鼾《いびき》が聞こえている。

隣の部屋には、寝ずの番の武士がいるはずだが、寝息が聞こえているところを見ると、居眠りをしてしまっているらしい。

眠れないので、お主は溜め息をついた。

部屋は庭に面しており、暑いので風を通すために障子《しょうじ》が半分ほど開いている。

庭からは、虫の鳴き声が聞こえてくる。その声に耳を澄ませていれば、眠れるだろうかと思っていると、虫の声のあいだに、かすかに忍び泣きの声が聞こえたような気がした。

聞き取れるかどうかの、ほんの小さな声だが、たしかにしている。

お主は、起き上がり、蚊帳《かや》からそっと抜け出した。

さらに開いた障子の隙間から庭に面した廊下に出ると、忍び泣きのする場所へ庭に面した廊下を歩いて行った。

隣の部屋は、障子が全開で、月明かりが差し込み、座ったまま首を垂れて眠っている武士の姿がはっきりと見えた。

音を立てずに気配を消すのは、盗人としての修業をしてきたのだから、お手のものである。

泣き声の聞こえてくる部屋の前まで来ると、半分ほど開けられた障子のあいだから、中を見た。

女中らしき女が、顔を横に向けて忍び泣いている。顔は向こう側を向いているので、よく分からない。

お圭は、しばらく躊躇《ためら》ったが、忍び泣きが間遠になっていく気がした。女中は、このまま眠ってしまいそうだ。

「もし……」

思いきって、お圭は障子のところから、小声で声をかけた。

向こうむきの肩がびくっと、かすかに動いたようで、忍び泣きも止まった。

そのまま、女中は固まったように動かない。

「もし……」

もう一度、お圭は囁《ささや》いた。

女中は、いきなり上体を起こして、振り向いた。

障子のあいだにいるお圭を見て、

「あっ……」

声を上げた。

「しっ」

お圭が、口に人差し指を当てて制すると、女中は息を呑んだまま黙った。

月の光が庭から差し込んでいるので、お圭の顔は女中には見えにくいだろうが、女中の顔はお圭にはぼんやりとだが分かった。

歳は若く、お圭が美里のことを訊いたときに、口を開きかけた女中だった。

つぶらな目が可愛らしい。

「あたし、お圭です」

小声で言うと、女中ははっとした顔になり、少し顔が和《やわ》らいだ。

なぜ和らいだのかと訝《いぶか》しげに思ったが、

「眠れないの。お部屋に入っていい……かな」

遠慮がちに言うと、女中は起き上がって居住まいを正し、

「どうぞ」

和らいだ顔を引き締めて応えた。

女中の名前は、多恵《たえ》といい、十六歳だという。お圭と、そして美里と同い歳だ。

「美里さんは、どこにいるのか、知っているの」

いきなり訊いてみると、

「さあ、それは知りません」

物憂げに首をかしげた。嘘ではないようにお圭には感じられた。

「美里さんとは、仲がよかったのかしら」

不躾《ぶしつけ》だとは思ったが、思い切って訊いた。

「私は、歳が同じということもあって、美里さまには、打ち解けていただいておりました……」

多恵は、溜め息をつく。

どうやら、忍び泣いていたのは、美里と関係があるらしいと、お圭は察した。

「昨日、あなたさまに初めてお会いしたとき、私は驚きました。あまりに美里さまと似ておられたので……こうしてお顔を見させていただくと、美里さまがいらっしゃるような気がいたします」

いまでも信じられないといった顔で、多恵はお圭をしみじみと見た。

「実はね……あなただけに教えてあげるわ」

お圭は、こちらが胸を開けば、多恵のほうでもそれに応えてくれそうな気がした。

「なんでしょう」

興味深げな表情の多恵に、

「あたしは、美里さんの妹なの」

唐突に言うと、多恵は目を見開いたが、すぐに口を手で押さえて、

「くっくっ……」

と、笑い出した。

「そ、そんなに笑うことないじゃない。静かに」

お圭は、笑い声が聞こえて、屋敷の者が起き出すといけないと焦った。

「す、すみません……でも、そんなこと……」

「それがあるのよ。いいから、話を聞いて」

お圭が真剣な顔で言うので、多恵は軽口ではないと分かったようだ。

双子に生まれたことと、その後のことをお圭が話していくと、多恵の顔に驚きと、

そして納得する表情が浮かんでいった。

二

多恵は、お圭の話を信じてくれた。

もちろん、屋敷の中のほとんどの者が、十六年前に双子が生まれ、妹のほうが里子に出されたことは知らず、ましてや奉公にあがって二年目の多恵が知る由もなかった。

だが、双子が生まれれば、先に生まれた夜叉子といわれる赤子を里子に出す習慣は多恵も知っていた。

さらに、志垣左門之丞の異常なまでに縁起を担ぐ性質なら、その事実をひた隠しにして、なかったことにしてしまうのも、多恵にはよく分かった。女中仲間が、左門之丞は信心深いのはよいけれど、縁起の悪いことを極端に嫌って、なにもそこまでということをすると聞いていたからである。

お圭の話が終わると、多恵は、美里のことを語ってくれた。

「美里さまは、三月《みつき》ほど前に、大変哀しい目に遭われ、それから気の病に罹られてしまわれたのです」

多恵は、美里つきの女中で、もっとも美里が心を開いていた女中だった。

美里には、思い焦《こ》がれた若侍がいた。

清瀬信助《きよせしんすけ》という志垣家の若党である。

だが、左門之丞は、自分の出世のために、美里の嫁ぎ先を以前から決めてしまっていた。

美里には兄の浩一郎《こういちろう》がおり、浩一郎に縁談が持ち上がっていた矢先に、美里が子を宿していることが発覚したのである。

子の父親は清瀬信助だった。

それを知った左門之丞は激怒し、信助を放逐《ほうちく》し、美里を上屋敷の一室に幽閉した。

美里の唯一の希望は、腹の中に育《はぐく》んでいる子だったが、子を宿して四ヵ月目の三月ほど前に流してしまったのである。

子が流れたわけを多恵は知らない。

だが、なにか左門之丞が細工をしたのではないかと、女中の間で密かに噂になっているそうだ。

「細工って……？」

お主は、嫌な気がしたが訊いてみた。

「薬を飲ませたり、わざと踏んづけたり……でも、ただの噂ですけど」

多恵は、ぞっとしたのか体を震わせて、

「清瀬さまとの仲を引き裂かれ、子どもを亡くした美里さまは、閉じ込められていた部屋から出られませんでした。そのお世話を、私がしていたのですけど……」

美里は哀しみのあまり泣き暮らしていたのだが、仲を引き裂かれた清瀬信助が、辻斬りに遭って斬り殺されたと知り、さらに哀しみを深くした。

信助の死のことは、女中が話しているのを耳にしてしまったのである。

やがて、美里はほとんど口を利かずに虚ろな目でぼうっとしていることが増えた。

美里が気鬱のあまり尋常でなくなっていくのを知った左門之丞は、さらに下屋敷へ美里を連れて行かせた。

美里は下屋敷で、よく庭に出ていたが、あの日は、多恵がほかの用事をしている昼間、一人で庭に出ていた。

そして美里は、外で与次郎売りが商家の丁稚《でっち》を相手に話しているのを聞いた。

この与次郎売りが東吉である。

美里は東吉を呼び入れて、

「私の稚児《ややこ》は、与次郎を見れば、さぞ喜ぶことでしょう」

などと、笑って言っていた。

目は虚ろで、どこを見ているのか分からないのだが、話していることは、東吉には至極まともに感じられたのである。

美里の子が死んでいることなど、東吉は知る由もない。

この二人の様子を、用人の岩佐が見て眉をひそめた。

美里の警護のために引き連れていた武士たちに命じて、美里を屋敷の中へ引き戻し、東吉を捕まえてしまったのである。

美里は、夜中に耳元まで口紅を引いて、庭に出たりといった奇行をしていたが、正気に戻っているときもあった。

だが、左門之丞は、美里の変調をひた隠しに隠そうとしていた。少しでも、おかしいのではないかと風聞が立つのを恐れた。

その意を受けていた岩佐は、ただの与次郎売りでも、どんな噂を流すか分からないと恐れて監禁したのである。

左門之丞が、なぜそれほど美里のことを隠したかったのかというと、それは嫡子である浩一郎の縁談をどうしてもまとめたかったからだ。

浩一郎の縁談の相手は、勘定吟味役筆頭《かんじょうぎんみやくひっとう》古田千太夫《ふるたせんだゆう》の娘早苗《さなえ》である。

この縁談がまとまれば、左門之丞は、さらに重い役職につけそうだった。

だが、美里の気が触れていることが分かったら、古田千太夫は縁談を反故《ほご》にするのではないかと、左門之丞は恐れた。気鬱の家系ではないかと疑われると思ったのである。

そのために、美里を下屋敷の地下に作ってあった隠し部屋に入れた。

この隠し部屋は、先々代の志垣家が作らせていたもので、以前から志垣家では、いろいろな騒動を抱えて、何人かの者を監禁していたのだろう。

「美里さまが可哀相《かわいそう》で、可哀相で……」

多恵は、暗い地下の部屋に美里が閉じ込められているのが不憫《ふびん》でならなかった。

だが、女中の身で、美里を自由にすることなど出来ない。

そんな折、下屋敷で女の幽霊を夜中に見たという噂が立ち、さらに夜中に忍び込んだ者があったのである。

用人の岩佐は、このまま下屋敷に美里を置いておくのは、具合が悪いと判断した。

ちょうどそのころ、左門之丞は、上屋敷に美里を戻そうかと思案していた。

志垣浩一郎の縁談相手の父親である古田千太夫が、志垣左門之丞の上屋敷を訪れることになったのが、その理由である。

浩一郎の妹美里は、体の具合が悪く、臥《ふ》せっていることになっていたのだが、外にまったく出ていないので、恐ろしい流行《はや》り病に罹っているのではないかという噂が武家のあいだで立っていた。

古田千太夫の耳に、そうした噂を入れる者もおり、中には、志垣家に娘を嫁がせるのは止めたほうがよいとまで言う者もいた。

というのも、志垣左門之丞を快く思っていない者がいるのである。出世欲と狷介《けんかい》な性格が嫌われていたと言えようか。

ただ、嫡子の浩一郎の評判はよい。事実、父親には似ないよい性格で、古田千太夫の娘早苗も、浩一郎を好いているようだった。

古田千太夫は、志垣左門之丞の上屋敷へ行き、自分の目で浩一郎の妹美里を見て、流行り病が単なる噂だとたしかめたかった。

そのことを察した左門之丞は、美里を上屋敷へと移すことにした。

ただ座らせておけば、気が触れているのも分からずに済ませることが出来るのではないかと思ったのである。

「私も美里さまについて、この上屋敷へ戻ってまいりました。そして、一昨日の夜に

「……」

美里は姿を消したのだという。

「なぜ、どこへ行ってしまったの」

お主の問いに、

「さあ……それは。でも、美里さまを外にお出ししたのは私です」

多恵は苦悶《くもん》の表情を浮かべた。

急に美里が、どうしても外に出たい。この屋敷にいたくないと言い出し、騒ぎになってはまずいと庭に出した。

美里の見張りの武士は二人いた。ひとりは、居眠りをしており、もうひとりは厠《かわや》へ行ったあいだのことだった。

「庭にお出になれば満足されると思ったんです。でも……」

美里は、あっという間に庭を横切って潜り戸を開けて、外へ出てしまった。

「私は追いかけようとしたのですが、ちょうどそこへ厠へ行った見張りのかたが戻ってこられて……」

自分が美里を出したことが知れたら、左門之丞からどんな責めを受けるか分からない。恐ろしさのあまり多恵はあわてて部屋に戻り、そのまま朝になったのだそうである。

朝になり、美里がいなくなっていることで大騒ぎとなった。

多恵は寝ていて知らないと言い、見張りの武士たちは、居眠りをしていたことも、ひとりが眠っているのに、厠へ行ったことも、立場上まずいので言わなかった。

なぜ、美里がいなくなったのか謎のままになったのである。

屋敷中探しても、屋敷の外の近辺を探しても、美里は見つからなかった。

そうこうするうちに、古田千太夫が訪問する旨、文を寄越した。

志垣左門之丞は、美里がいないことを知り、頭を抱えたのだが……

「あたしが見つかったというわけか」

お圭は、これまでのことが分かって、すっきりした気分になった。

濡れ縁に座らされていたのは、古田千太夫にさりげなく美里の無事な姿を見せるためだったに違いない。

実際に会って話せば、美里ではないと分かってしまうので、まだ病後で会わせられる状態ではないとでも言い繕《つくろ》ったのだ。

そして、偶然を装って、血色のよい美里を見せようとしたのだろう。それは上手くいったように、お圭には思えた。

お圭が会釈《えしゃく》した白髪の武家が、古田千太夫だったに違いない。

「それにしても、美里姉さん、ひとりで飛び出して行っちゃって、無事でいるのかな」

お圭は、思ったことを口にした。

「そ、それは……美里さまの身になにかあったら、私のせいです。軽い気持ちで庭にお出ししたものだから……」

多恵の目に涙がみるみる溢《あふ》れていく。

おそらく、美里がひとりで外に出るなど、誰も予想していなかったのだ。だから、見張りも甘くなるわけである。

「大丈夫だよ。行方が分からないってことは、誰かにかくまわれてるんだよ。うん、きっとそうだよ」

お圭は、まったく根拠はないが、多恵を落ち着かせるために言った。

口に出してみれば、自分もそう思えてくるのが不思議だった。

三

お圭は、東の空が白み始めるころに、ようやく自分の寝所に戻ろうと、多恵の寝所を出た。

そんな刻限になったのは、美里のことを思って、お圭と多恵は離れがたかったからである。

見張りの武士は、二人とも居眠りが本格的になったのか、横になって眠ってしまっている。

(こんなんだから、美里さんは、外に出られたんだよ)

お圭は、武士たちを見て軽く溜め息をついた。

寝所に戻ると……

薄い明かりの中に、ひとりの男が腕枕をして横になっているのが目に入った。

お圭は、無言で身構える。

「遅かったな」

男は、ゆっくりと上体を起こした。

「木暮さま」

お圭は、陣九郎に笑いかけた。

「さあ、ここを出よう。どうにもお前の身が気がかりでな。辰造も気が気でないのだ。お前のほうで、出られぬわけがあるなら別だが」

陣九郎は言いながら、脇に置いた風呂敷包みを開いた。

中には、お圭の盗人をするときの黒装束が入っている。

「気が利くね」

お圭は、着替えを始めた。

陣九郎は、目を庭に逸《そ》らしている。

「あたしが連れて来られたわけは、分かったよ。もう用済みになっただろうってこともね。気がかりなのは、美里さんが、この屋敷からひとりで出て行ったことなんだよ」

お圭の言葉に、

「美里どのは、東吉といる。あとで会わせよう」

「えっ……」

お圭は思わず声を上げた。

あわてて口を押さえる。

「大声はまずいが、少しくらいなら大丈夫だ。隣の見張りの武士たちは、俺が当て身で眠らせておいたからな」

陣九郎は、にやりと笑った。


上屋敷の外に出ると、そこには辰造が待っていた。

「遅いじゃねえかよ。もう朝だぜ」

文句を言うが、嬉しそうである。

お圭は、多恵も連れて行ったほうがよいか迷った。

もし多恵に声をかけて、来るかどうか訊けば、きっと美里の世話をしたいと言い出すに違いない。

それは有り難《がた》いのだが、このままお圭だけ消えてしまえば、見張りの武士たちはともかく、多恵には、左門之丞からなんのお咎めもないだろう。なるべくなら、巻き込まないで済ませようと思ったのである。話を聞いた陣九郎も同じ考えだった。

上屋敷の塀に沿って、三人は駆けた。

陣九郎を先頭に、お圭がつづき、辰造がしんがりだ。

朝まだきの空に、蝙蝠《こうもり》が飛ぶのが見える。

とつぜん、陣九郎が足を止めた。

前方に三つの人影が現れたからである。

「その娘、ここを通すわけにはいかぬ」

と言ったのは真ん中の男で、黒い筒袖を着て、一見絵師か医者に見える。だが、腰には大刀を提げていた。

額の生え際には、斜めに傷があり、垂れてはいるが切れ長の目をしている。

恰好はほかの二人も同じだ。

「なにものだ」

陣九郎の誰何《すいか》に、

「影無組頭領の万蔵。そのお圭という娘の命をもらうだけでよい。お前たちは、行ってよい」

「そういうわけにはいかぬ。退いてもらおう」

陣九郎が言うと、万蔵はふっと笑って、

「ならば、お前たち三人ともに命をもらうしかない」

鯉口《こいぐち》を切って抜刀した。

陣九郎も、柄に手をつけて鯉口を切る。

「下がってろ」

お圭と辰造に言うが、辰造は匕首《あいくち》を抜いて、お圭の前に出た。

「まかせたほうがいいよ」

お圭は、辰造の襟首をつかむと、うしろに引きずった。

「お、おい……止めろ、俺だって」

辰造は、口をとがらすが、お圭は取り合わず、

「それより、こっちだよ」

うしろを振り向いて言った。

いつのまにか、背後に三人いる。この三人も、同じく黒い筒袖姿で、腰に大刀を提げていた。

その三人が大刀を抜いた。

「こ、この野郎、俺が相手だ」

辰造は、今度は背後に向かって匕首を構え、お圭をかばった。

「辰造さん、木暮さま、これじゃあ勝ち目はないよ。あたしの命だけが狙いなんだから、あたしを置いて逃げなよ」

お圭は、淡々とした調子で言った。

「そんなこと出来るわけねえじゃねえか」

辰造が口から泡を飛ばすと、陣九郎もそうだとうなずく。

「お圭は、もう美里どのの身代わりの役目を済ませたということなのか」

陣九郎の問いに、

「わけなど知らぬ。拙者《せっしゃ》は、昨夜のうちに、夜が明けたら、その娘を外に連れ出して殺せと命ぜられたのだ」

それこそ、お圭が役目を終えた証拠だ。左門之丞が、昨夜、万蔵を呼び出し、お圭を外で殺して埋めてしまえと命じたのである。

陣九郎とお圭の動きは、影無組の見張りに気づかれていた。それで、すぐに万蔵に報せが届き、駆けつけてきた。

「多勢に無勢だが、お圭の身には触れさせん！」

陣九郎は、決然として言った。

討ち死に覚悟の決意であった。それは、辰造も同じだ。

「あんたたち、莫迦《ばか》だよ」

お圭は泣き笑いの顔になると、

「あんたたちが逃げないんならさ……」

身を屈めると、

「あたしが逃げるよ」

辰造の肩の上まで跳んで足を乗せると、それを足掛かりに、武家屋敷の塀の上に飛び乗った。

「あっ」

辰造が声を上げたときには、塀の内側へと降りてしまった。

そこは、一万七千石の飯田《いいだ》藩の上屋敷である。

お圭を追おうと、万蔵が手下の肩を足掛かりに、塀に飛び乗ろうとした瞬間、陣九郎の居合の剣が走った。

万蔵はそれを避けたが、足掛かりの手下は腕を斬られて刀を落とす。

うしろの三人が飛び乗るのを遅らせたのは、辰造だった。

「うわーっ」

死に物狂いで匕首を振るい、三人の中に突入したのである。

まさか突っ込んでくるとは思わなかった三人は動揺した。

それでも、辰造の匕首には、なんの手応えもない。

闇雲《やみくも》に振りまわす匕首は、影無組の三人にはかすりもせず、逆にひとりの刀が弧《こ》を描き、

「ぎゃっ」

辰造は肩口を斬られて倒れ込んだ。

「辰造！」

陣九郎は、肩から血を流す辰造を見て、

「許さん」

形相凄《すさ》まじく、辰造に斬りつけた男に襲いかかった。

血飛沫《ちしぶき》を上げて男が倒れ伏したとき、二人の男が一斉に陣九郎に斬りつけた。

かろうじて避けた陣九郎が、飛び退《すさ》って構え直したときには、万蔵は武家屋敷の塀の上にいた。

だが、それを止めることは出来ず、万蔵はお圭を追って内側へ消えた。

腕を斬られた男は、片方の手で刀を拾って持っている。

その男を入れて、陣九郎に対しているのは、四人だ。

四人の男たちは目配せし合うと、腕を斬られた男と、その側の男が二人して、同時に陣九郎に襲いかかってきた。

腕を斬られた男は、体を投げ出し、捨て身の一撃を浴びせてくる。

陣九郎に手加減する余裕は、まったくない。

捨て身の一撃をかわして、腕を斬られた男の胴を薙《な》いだときに、もうひとりの刀が陣九郎の左肩から左胸の着物をかすった。

陣九郎は返す刀でもうひとりを袈裟懸《けさが》けに斬った。

二人の男が倒れ伏したときには、残る二人のうちひとりは塀の上におり、もうひとりが、塀に飛びつき、よじ登ろうとしていた。

塀の上から、内側に飛び降りようとした男の首筋に、陣九郎の投げた小柄《こづか》が突き刺さった。

「ぐわっ」

首筋に小柄を刺されたまま、男は内側へ頭から落下した。

よじ登ろうとしていた男は、陣九郎が近づいてくるのを感じ、登るのを諦めて、再び道に降り立った。

「お頭が娘を追っている。それで充分だ」

男はうそぶくと、陣九郎に対して青眼《せいがん》に構えた。

陣九郎も青眼で対する。

しばし、睨《にら》み合う恰好になった。

「うう……」

肩を斬られて倒れていた辰造が呻《うめ》いて立ち上がろうとする。

そちらに一瞬、気を取られて目を向けた陣九郎に、男は無言で斬りつけた。

素早い一撃だったが、陣九郎はそれを予期していた。辰造の呻きに気を取られたのは、わざと相手を誘いこむ手だったのである。

辰造が起き上がろうとしているのを、すでに察知していた。

陣九郎はわずかに横に跳んで、相手の刀をかわすと、まっすぐ男に刀を刺し貫いた。

目を反転させた男は、すでに息絶えていた。陣九郎の刀は、心の臓を貫《つらぬ》いていたのである。

お圭は、飯田藩の上屋敷の庭を突っ切り、反対側の壁を乗り越え、どこの武家屋敷か分からないが、闇雲に走った。

追ってくる気配がする。だが、その気配が少ないのが気になった。

六人を相手にしては、陣九郎とても危ないと思ったお圭は、自分が目当てなのだから、逃げれば、陣九郎と辰造を置いて、追いかけてくるだろうと踏んだのである。

（逃げたのはいいけど、追ってくる気配が少ないということは……）

陣九郎と辰造が引き止めているのか……そんな気がする。

お圭は、さらに隣の武家屋敷に入り、また次の屋敷へと入った。

しかし、追手は常にぴったりとくっついてくる気配がする。疲れて逃げるのが遅くなれば、すぐに追いついてしまわれそうで、お圭は必死に逃げた。

四

朝陽が差し込み始め、志垣左門之丞は目を覚ました。

手水《ちょうず》で顔を洗うと、左門之丞は、大きな伸びをした。

顔に自然と笑みが広がってくる。

古田千太夫は、美里が健《すこ》やかそうでよかったと言っていたことを思い出す。

長男浩一郎の縁談は本決まりとなるだろう。

これで危惧《きぐ》することはなくなった。

美里がどこへ行ったのか、早急に見つけねばならないが、あれだけおかしくなっていれば、見つからないまま、死んだことにしてしまえと思っている。流行り病でころっと死ぬことは珍しくない。美里もそうしたことにしてしまえばよい。

身代わりの町娘の始末は、影無組の万蔵に命じたから、一両日中には、外に密かに連れ出して殺して埋めてくれるはずである。

町娘は、おそらく美代に違いない。左門之丞のもうひとりの娘である。だからといって、左門之丞にはなんの感慨もない。夜叉子が生き延びていたことが、美里の変調などの禍を引き起こしていたのだと思うと、忌《い》ま忌ましいだけだった。

美里と美代という自分の娘たちを殺させることに、左門之丞はまったく痛痒《つうよう》を感じることがなかった。己のみが左門之丞にとって関心事のすべてなのである。

「お早いお目覚めですこと」

声の主を振り返ると、妻の寿美代が障子を開け放した座敷に座って、手水鉢の前にいる左門之丞を見ていた。

面やつれして皺《しわ》が多いが、若いころの美貌《びぼう》がうかがえる。

「寿美代か……体の具合はどうなんだ。早起きすることはないぞ」

「このところ、少しよくなっております。朝になる前に目が覚めてしまうのは以前からのことですよ」

「歳を取れば、早くに目が覚めるというが、それほどの歳でもあるまいに」

「目が覚めたとき、決まって美里の顔が浮かびます。気が触れているのかもしれませんが、私の娘です。会わせていただきとう存じます」

寿美代の表情は硬い。

「まあ、もう少し待て。待てば、話すことも出来るほどよくなっている」

左門之丞は、うるさそうに顔をそむけて応えた。

「まことですか」

寿美代は、眉《まゆ》をひそめた。嬉しそうな顔ではない。左門之丞の言葉を疑ってかかることが習い性になってしまったかのようである。

「ああ、約束しよう」

「きっとですよ」

「くどい」

左門之丞は、舌打ちしたいのを堪《こら》えながら、その場をあとにした。

せっかく心地よい朝を迎えられたのに、台無しにされた気分だった。

陣九郎は、傷を負った辰造の血止めをして背負うと、医者を見つけに走った。

ようやく、久右衛門町《くえもんちょう》に医者の看板を見つけると、陣九郎は表戸をたたいた。

戸を開けた医者見習いの若侍は、転げ込んできた陣九郎と辰造に、とりわけ血だらけの辰造に、尻餅をつくほど驚いた。

辰造の傷はかなり深かったが、命にかかわるほどのものではなかった。

「怪我人を放って行くのは心苦しいが、俺はやらねばならぬことがある。この男を頼みましたぞ」

陣九郎は、休むまもなく飛び出して行った。

「なにがあったのか知らぬが、急がねば天地がひっくり返りそうな勢いだったな」

医者は白髯《はくぜん》をしごきながら、呆れた顔で言った。

辰造は、熱を出して譫言《うわごと》を発しながら眠っている。

「お……お……お圭ちゃん……」

「こっちは、恋煩《わずら》いもあるようだの。熱が引いても、こっちの熱は覚めやらぬか。若いというのは、いいものだのう」

にやりと、医者は見習いの若侍に笑いかけた。

「は、はあ……」

若侍は、首をかしげた。

「お前も、娘の尻でも追いかけたらどうだ。医術ばかりでは、患者の気持ちを捉えきれんぞ」

医者は、若侍の肩をたたいた。

「そのようなものですか……」

若侍は、辰造の寝顔を見た。

汗を浮かべて、呻いている辰造の頭の中では、お圭が迫りくる黒い影から逃げつづけていた。辰造は、それを見ているだけで、なにも出来ない。

「お圭ちゃん、逃げろ……」

必死に念じるほかはなかった。

お圭は必死に路地から路地を走っていた。

陣九郎が、着替えに、盗み装束を持ってきてくれたことが功を奏していた。女物の着物では、こうまで追いつかれずに走ることは出来なかったろう。

目指すは、陣九郎と辰造がこれから向かうと言っていた場所だ。

そこへ行って、助勢があるかどうかは分からない。だが、闇雲に逃げるよりも、なにかがありそうな気がしたのである。

早起きの行商人が目を丸くしてお圭を見、

(なんだいまの娘は……)

と思ったのも束の間、筒袖の男がまた走りすぎる。

(なにやってんだ、いまの二人は……)

ぽかんと口を開けるが、すでに男のうしろ姿が遠ざかっている。

追いかける万蔵は、お圭の速さに驚いていた。

(娘のくせに……)

すぐに追いつけるとタカをくっていたのが、本気で走っても、お圭とのあいだを詰められない。

焦りをつのらせながら、万蔵も必死に追いかけつづけた。

陣九郎と辰造がお圭といったん落ち着く先は、緑町の船宿ではなかった。

大川を渡らねばならないし、あまりに遠すぎる。さらに、お圭の恰好も昼間にはふさわしくない。

そこで、あらかじめ娘物の着物を置いてある場所に行くことになっていた。

お圭が目指しているのは、そこである。

福井町《ふくいちょう》を走り抜け、茅町《かやちょう》に入った。

茅町の外れにある神社の脇の廃屋《はいおく》である。

お圭は、場所をよく知らなかったのだが、茅町の外れを目指して走った。

近くに来て迷い、あちこち路地を走りまわった。これが功を奏し、万蔵の目をくらませるかと思いきや、ぴたりとお圭の背中が見えるところから引き離すことが出来ない。

さすがにお圭は疲れてきた。

神社の裏に隠れる場所があるか……もしあったら、そこで息をひそめていようと思った。もちろん、これまでにも、そのような場所を探しながら走ってはいたが、なかなか見つからなかったのである。

やっと神社を見つけて、境内《けいだい》を突っ切って裏手へ向かう。裏は雑木林になっている。その雑木林に飛び込んだ。

そこでうずくまり、息を殺していると……

万蔵が雑木林に飛び込んできた。まっすぐに雑木林を突っ切って走って行く。

走る音が遠ざかって行くのをたしかめて、お圭は深く息を吐いた。

雑木林から出ると、境内の脇に建っている社に向かおうとした。

背後で、鍔《つば》の音がした。

振り向くと、雑木林を出たところで、万蔵が刀を抜いたところだった。

「小賢《こざか》しいことをしても通じはせん」

上段に振りかぶると、お圭に向かって襲いかかった。

走り疲れていたこともあり、さらには、万蔵の迫力に呑まれてしまい、お圭は動きが鈍くなっていた。

(斬られる)

お圭は、思わず目を閉じた。

耳障りな音がした。金物と金物がぶつかったような音だ。

まだ斬られていない。

「お圭、離れろ」

背後で声がした。

お圭は、飛びすさりながら目を開けた。

すると、万蔵が刀を脇構えにして立っている。

その脇の地面には、脇差《わきざし》が一本、突き刺さっていた。

「お圭、もう大丈夫だ」

近くで声がした。

すぐ横で、陣九郎が大刀を青眼に構えている。

息が荒い。ここまで走り、万蔵がお圭に斬りかかるのを見て、脇差を投げたのであった。

お圭を背後にまわらせると、

「俺をまず倒さねばならぬぞ」

陣九郎は万蔵を睨み付けた。

「どうせ、おぬしは斬らねばならぬと思っておったところよ」

万蔵は、脇構えの刀を上段に振りかぶった。

そのまま、じりじりっと陣九郎に迫ってくる。

二人とも、走りに走ったあとである。

だが、双方ともそれをなるべく表に出さずに対していた。

勝負は一瞬で決まった。

万蔵は上段に振りかぶった刀を、陣九郎に襲いかかる直前に振り降ろし、それを撥ね上げたのである。

陣九郎は、斜め右横に飛びながら、刀を素早く薙いだ。

撥ね上がった万蔵の刀は、陣九郎の左腕をかすり、鋭い痛みが走った。

陣九郎の薙いだ刀は、万蔵の喉元を斬り裂いた。

喉元から血を噴き出しながら、万蔵は何歩かたたらを踏むと、前のめりに倒れ込んでいった。

がっくりと膝をつく陣九郎に、お圭が駆け寄る。

陣九郎の腕の傷に、手拭を巻き、

「ほんのかすり傷だよ。しっかりしな」

と言うお圭に、

「傷のせいではない。ちと疲れただけだ」

陣九郎は、心外だという顔をした。

「分かってるよ。あたしのために走ってくれたからだね。ありがとよ」

お圭は、笑って肩を貸した。

五

夕暮れ時になり、陣九郎とお圭は、緑町の船宿津田屋にやって来た。

美里と東吉のいる部屋に入ると、お圭は美里を見て息を呑んだ。

しばらく、座ったままじっと美里に見入っていた。

美里のほうはというと、与次郎で遊ぶのに余念がない。

東吉に言わせると、起きてからずっとそうなのだと言う。

やがて、お圭が恐る恐るといった風に、

「美里さま……」

と、呼びかけた。

すると、美里は与次郎から目を離すと、お圭を見た。

その目は虚《うつ》ろではあるが、お圭から離れない。

「あたしはお圭。でも生まれてしばらくは美代って名前だったんだって。信じられないでしょうけど、あたし、美里さまの双子の妹なの」

お圭の言葉が分かったのかどうか知らないが、美里は、小首をかしげて、お圭を見つづけている。

しばらくして、美里は手を伸ばすと、その指でお圭の顔にそっと触れた。

お圭がさらに膝でにじり寄るようにして近づくと……

美里は、与次郎をぽとりと落とし、両手でお圭の顔を包み込むようにした。

顔の形をたしかめるように、顔を触っている。

お圭はなすがままになっていたが、その目から涙がひと筋流れた。

涙が美里の指につくと、美里はぴたりと手を止めた。

そして、また指を動かすと、頬《ほお》についた涙を拭き取るようにした。

「私の……妹」

美里は、それまで目も虚ろで表情がなかったが、初めてかすかな笑みが浮かんだ。

「お姉さま……」

お圭の口から、初めて姉を呼ぶ言葉が出た。

美里は、また首をかしげたが、やがて、にっこりと笑った。

二人は、どちらからともなく手を握り合った。そして、いつまでもいつまでも見つめ合っていた。

美里が、お圭の言ったことを理解したかどうかは定かでない。

だが、美里の心の中で、大きな変化が起きたのは間違いないだろう。

その夜、眠るまでのあいだだけでも、美里の顔つきが徐々に生気を取り戻していくのが分かったのである。

陣九郎は、医者のところへ残した辰造が気がかりだった。

しばらく休むと、ひとりで津田屋を出て行った。


志垣左門之丞の上屋敷では、岩佐宇右衛門が矢野巳之助を叱責していた。

いまだに失踪した美里を見つけられないからである。

死骸でもよいと左門之丞には言われていた。死んだということがたしかめられたら、それはそれでよいのだという。

だが、死骸であろうと、美里の消息はまったく分からなかった。

お手上げといった状況だったのである。

お圭の姿も見えなくなっているようだが、そちらのほうは、左門之丞は案ずることはないと泰然と笑っていた。

岩佐は、影無組のことを知らないが、なにか左門之丞に思案するところがあるのだろうと思った。

六

五日が経った。

左門之丞は、影無組の頭領万蔵から、なにも報せがないことに苛立《いらだ》っていた。

その代わりに、近くの武家屋敷の外の道に、正体不明の筒袖の武士たちの死骸があったことは、伝え聞いていた。その風体《ふうてい》から影無組であることが左門之丞には分かったが、肝腎の万蔵の死骸があるのかどうかさえ分からない。

（いったい誰の仕業《しわざ》か……）

左門之丞は、どうしようもない不安に苛《さいな》まれていた。

得体の知れない敵対する者たちが、左門之丞に迫ってくるような不安である。

夕暮れの陽差しが、庭を紅く染めているのを見ながら、左門之丞は濡れ縁に突っ立っていた。万蔵がやってくるのを漫然と待っていたのである。

「あなた……」

背後で声がした。

「なんだ」

左門之丞は、振り返らずに応えた。

声の主は分かりきっている。妻の寿美代である。

「美里に会わせていただけると約束してくださいましたが」

「ああ、したとも。だから黙って待っておれ」

声に苛立ちが籠《こ》もっている。

「いつまで待てばよいのですか」

「もうしばらくだ」

「美里を、あなたは殺したのでしょう」

いきなりの言葉に、左門之丞は驚いて振り返った。

「なにを言うのだ。そのようなことをするわけがないであろう」

左門之丞は、用人の岩佐に殺してもよいと言ったことを聞かれたのかと危ぶんだ。

だが、岩佐になにごとか命じるときは、寿美代が離れた場所にいることをたしかめていたはずだ。

「あなたは、無理矢理にもうひとりの私の娘、美代を里子に出してしまいました。その美代を育てていた商家は皆殺しにされたと聞いております。今度は美里の番というわけですか」

「な、なにを……美代は盗人に殺されたのだ。美里の番とは、どういうことだ」

「お分かりにならないはずがありません。私は知っているのです。身籠もった美里に、子を流すため毒を盛ったのもあなたの仕業……」

寿美代は、話しながらゆっくりと近づいてきた。

「くだらない。そんな莫迦なことを吹き込んだ奴はいったい誰だ」

左門之丞が怒鳴ったとき、寿美代がどんと左門之丞にぶつかってきた。

「私をあなどらないでください。私を遠ざけておしまいになっているとお思いでしょうが、油断しすぎです。自分の迷信深さや途方もない野心のために、あなたがなにをなさっているのか、長いあいだに分かってきたのですよ」

耳元で囁《ささや》くと、寿美代はすっと体を離した。

左門之丞は、腹を見た。すると、そこには寿美代の懐剣が突き立っていた。

「な、なにをする……」

驚愕と恐怖のないまぜになった表情で寿美代を見た。

「早くこうしておけばよかった」

寿美代は、能面のような無表情でつぶやいた。

美里とお圭は、船宿津田屋から、同じく緑町の一軒家に移り住んでいた。

食物などを届けるのは、長屋の連中が代わる代わるしてくれた。

矢野巳之助たちが、いなくなったお圭を探すかと思われたが、彼らの影はまったく見えなかった。

長屋の連中は、尾けられているかどうか、一応細心の注意を払ったが、そのような気配はまったくなかったのである。

緑町の一軒家に移って二十日ほど経ったころ、左門之丞の死を知った。

左門之丞が病で死んだという話を聞き込んできたのは、羅宇屋の信吉だった。

志垣家の上屋敷や、出入りの商人に羅宇の取り替えなどの商売をして歩き、聞くことが出来たのである。

美里は、かなり回復してきていた。

いまでは、お圭が双子の妹であることをはっきりと理解していた。

それは、双子同士、なにも話さないでも通じ合うような絆が、美里の壊れた心に奇跡の回復をもたらしたのかもしれなかった。

お圭は、美代という名前は馴染めないと言い、美里にお圭と呼ばせていた。

美里はまだ突然泣き出したり、ふさぎ込むこともあるが、目にはしっかりとした光が宿り、顔つきも凜としたものになってきた。

お圭が、以前によし屋で目にした泣き上戸や笑い上戸、調子っぱずれな歌をがなり立てる者、決まって喧嘩になりすぐに仲直りする者たちなど、酔漢たちの面白おかしい行状を話すと、ころころと娘らしい笑い声を上げるようにもなった。

「よし屋って楽しそうなところ……一度、連れて行ってくださらない」

美里が、そう言い出したときには、

「だ、駄目よ。美里ちゃんみたいなお姫さまが行くところじゃないよ」

むきになって言うお圭に、

「だって、お圭ちゃんも、私の妹なのだから、お姫さまに違いありませんことよ」

美里が言い返し、お圭は一本取られた按配になった。

左門之丞の死のあと、奥方の寿美代は剃髪《ていはつ》したのだそうである。

陣九郎は、この話を聞いて、そろそろ美里を志垣家の屋敷に戻すころあいではないかと思った。

左門之丞亡きあと、美里に危険が及ぶことはないだろうし、奥方や兄の浩一郎に会わせたほうがよいと思ったのである。

緑町の一軒家に、辰造とともに訪れた陣九郎は、この話をお圭と美里にした。

「母上に会いたい。兄上にも……」

美里は、懐かしそうな顔で言った。

「お圭も、母親に会ってきたらどうだ」

陣九郎の言葉に、お圭は考え込んでいたが、

「あたしなんかが会いに行って、がっかりされないかな」

「なんでだ」

「こんながさつな町家の娘になってるからさ」

「そんなことを気にするものか」

横から辰造が言った。

まだ全快とは言えないが、かなり傷は癒《い》えてきていた。

「そうかい。辰造さんが言うなら会いに行くかな。だって、辰造さんと木暮さまがいなかったら、あたしの命はなかったんだもんね」

お圭の言葉に、辰造は照れくさそうに笑った。

それを見て、美里がほんのりと笑う。

どうやら、辰造がホの字なのを、美里は気づいているようである。そこまで回復していた。

その翌日。

すっかり秋の陽気になり、陽が高く上がっても暑くはなく、吹く風も爽やかで心地よかった。

昼前に、陣九郎は、美里とお圭を連れて志垣家の上屋敷に入った。

出迎えたのは、当主となった浩一郎と母親の寿美代である。

そして、女中の多恵も待っていた。

「美代……」

寿美代は、美里と仲良く座っているお圭を見て吃驚《きっきょう》した。

抱き合い、泣いている母親と姉妹を見て、陣九郎はそっと座敷を出た。

出るときに一礼すると、浩一郎が礼を返した。

多恵は、母娘の横で涙ぐんでいる。

用人の岩佐字右衛門も、矢野巳之助も姿が見えなかった。

送ってきたのは、原田という若党である。下屋敷で見た覚えがあった。

岩佐と矢野のことを訊くと、

「浩一郎さまが、ふたりとも降格して、下屋敷詰めにされました。寿美代さまが、浩一郎さまにお命じになられたとか……いや、こんなことを話すべきではありませんでした。ここだけの話にしてくだされ」

原田は、あわてて頭を下げた。

それを聞いて、陣九郎は安堵した。

事実上、左門之丞のために暗躍していた者たちは、浩一郎が排除したようだからである。浩一郎本人が左門之丞の動きをつかんでいたのか、寿美代がつかんでいたのか、陣九郎には知る由もないが……

上屋敷から出て、ぶらぶらと歩いていると、前方でひとりの浪人が懐手《ふところで》をして立っていた。

痩せて色が黒く、鋼を思わせる雰囲気を漂わせている。

近づくにつれて、その光の強いつり上がった目がはっきりと見えてきた。

間合いを置いて、陣九郎は立ち止まった。

「なんだか分からぬが、騒ぎは収まったようだの。長屋で聞いてきた」

浪人が言った。

紺野又十郎である。陣九郎に息子を斬られた涌井帯刀が放った刺客だ。

「うむ。上手く収まったといってよいだろう」

陣九郎の屈託のない言葉に、

「それは重畳《ちょうじょう》。では、拙者と勝負してもよいころあいだな」

「ああ、よいとも……しかし、騒ぎが収まるまで待っていたとは、おぬし、律儀な男だな」

「そこが取り柄なのかどうなのか、分からぬのだ。ところで、勝負だが、いまでもよいか」

「望むところ……と言いたいが、俺のほうでは、おぬしと斬り合うのは、ただ火の粉を払うだけのことだがな」

「まあ、なんでもよいわ。拙者は、斬ってくれと金を積まれて頼まれただけではなく、かなりの剣客としてのおぬしと勝負が出来る。一挙両得だな」

「念のために訊いてみるが、命が惜しいので、斬り合いは止めてくれと俺が頼んだらどうする」

陣九郎が、軽口とは思えない調子で訊くと、

「聞く耳を持たぬわ」

けんもほろろの応えだ。

「だろうな。しかたない」

「ついて来てもらおう」

紺野又十郎は、くるりと踵《きびす》を返して歩き出した。

しばらく歩くと、火除け地になっている空き地に出た。

向かい合って立つ。

「そうだ。訊いておきたいことがもうひとつある。騒ぎが収まったと教えてくれたのはいったい誰だ」

「あの長屋にいる、もうひとりの浪人だ。名前は……」

又十郎は、首をかしげる。忘れたらしい。

「袴田弦次郎か」

陣九郎に対して、なにかわけのありそうな浪人に、あけすけに応えたのは、弦次郎のほかにはいないだろうと思ったのである。

「そうだ、そのような名前だ。白狐のような気味の悪い奴だ」

「白狐とはよく言ったものだ」

陣九郎は笑った。

「では、まいるぞ」

又十郎は、刀を抜いた。

陣九郎も抜刀した。

互いに青眼に構えて対する。

間合いをとって、睨み合うような恰好で、二人とも動かない。

そのまま、どのくらいときが経ったのか……

中天にあった陽は、傾いて二人の横からまぶしい光を投げかけている。

先に動いたのは、又十郎だった。

つつっと、摺《す》り足で前に出た。

陣九郎は動かない。

又十郎は前に進んだが、その切っ先はまったく上下していない。

切っ先と切っ先が触れ合わんばかりに近づいたとき、又十郎の切っ先が、かすかに動いた。

その瞬間、二人の体が交差した。

陣九郎は、刀を持ったまま膝をついた。

左の脇腹を斬られており、血が滴《したた》った。

又十郎は、つつっとまた二歩ほど前に歩いたが、そのままつんのめるようにして倒れ込んだ。

うつ伏した体の下に、血溜まりが広がり出した。

陣九郎の傷は浅く、又十郎の傷は深かった。

「せ……拙者のほうが、急《せ》いてしまったか……」

先に動いたことを、又十郎は悔やんでいるようだ。

「俺は、運がよかっただけのようだ」

陣九郎は、腹の痛みに顔をしかめて言った。

又十郎の動きを察して、肉を斬らせて骨を断ったのだが、それは紙一重の勝敗だったといえよう。

陣九郎の言葉に応える間もなく、又十郎の瞳からは光が消えていった。

血振りをし、懐紙で拭うと、陣九郎は刀を鞘に納めた。

お主が元の長屋に戻り、よし屋で再び働き出したのは、陣九郎が美里と一緒に上屋敷に連れて行ってから七日後のことだった。

お圭に誘われて、その日は、長屋の面々が打ち揃って、よし屋で飲んでいた。

陣九郎の脇腹の傷は浅く、まだ晒を巻いてはいたが、ほぼ癒《い》えていた。

「志垣の屋敷に住んでおれば、お姫さまでいられたのだろうに」

陣九郎の言葉に、

「あたしは、ずっと町家暮らしだったからね」

お圭は、上屋敷での裕福な暮らしには、馴染《なじ》めないようだった。

自分の家なのだから、いつでも気が向いたときに来てほしいと、母親の寿美代と姉の美里、そして兄である浩一郎に言われたそうである。

お圭は、美里をよし屋に連れて行くという約束もしていた。

「そのときは、長屋の皆について来てもらいたいんだ。団助みたいな奴がなにするか分からないからね。かといって、お屋敷の侍たちが護衛で店にいたら、お客たちの居心地が悪くなるしさ」

お圭の頼みを、長屋の皆は一も二もなく引き受けると言った。

屋敷でも、お圭の願い通り、美代ではなくお圭という名で呼ばれている。育ての親である平次がつけた名前を名乗りたいというお圭の願いを、寿美代が聞き入れてくれたのであった。

浮かない顔をしているのは、辰造だ。

そのわけを陣九郎に訊かれ、

「だって、お圭ちゃんが遠くに行っちまったようでさ……」

武家屋敷に出入りする娘に、以前と同じように接することは出来ないと言うのである。

「莫迦。前から、お圭ちゃんは、おめえなんか鼻にもかけてねえから同じこったよ」

金八に言われ、辰造は、

「そうだよな」

素直に応えた。

「あれれ」

金八は、怒るかと思ったので、肩すかしの体だ。

酒の追加を運んできたお圭が、

「ねえ、今度皆で、お屋敷に遊びに行こうよ。美里姉さま、喜ぶよ」

「本当かよ」

磯次が疑わしそうな顔をする。

「だって、あたしを皆して助けてくれたじゃない。そのことを話したら、ぜひ皆に会いたいって」

お圭の言葉に、一同、照れ笑いを浮かべた。

「さあ、飲んで。今日は、あたしの奢《おご》りさ」

明るいお圭の言葉が、店の中に谺《こだま》した。

夜叉むすめ

一〇〇字書評

切・り・取・り・線

| 購買動機（新聞、雑誌名を記入するか、あるいは○をつけてください） | |
|---|---|
| □（　　　　　　　　　　）の広告を見て | |
| □（　　　　　　　　　　）の書評を見て | |
| □ 知人のすすめで | □ タイトルに惹かれて |
| □ カバーが良かったから | □ 内容が面白そうだから |
| □ 好きな作家だから | □ 好きな分野の本だから |

・最近、最も感銘を受けた作品名をお書き下さい

・あなたのお好きな作家名をお書き下さい

・その他、ご要望がありましたらお書き下さい

| 住所 | 〒 | | | | |
|---|---|---|---|---|---|
| 氏名 | | 職業 | | 年齢 | |
| Eメール | ※携帯には配信できません | 新刊情報等のメール配信を　希望する・しない | | | |

この本の感想を、編集部までお寄せいただけたらありがたく存じます。今後の企画の参考にさせていただきます。Eメールでも結構です。

いただいた「一〇〇字書評」は、新聞・雑誌等に紹介させていただくことがあります。その場合はお礼として特製図書カードを差し上げます。

前ページの原稿用紙に書評をお書きの上、切り取り、左記までお送り下さい。宛先の住所は不要です。

なお、ご記入いただいたお名前、ご住所等は、書評紹介の事前了解、謝礼のお届けのためだけに利用し、そのほかの目的のために利用することはありません。

〒一〇一－八七〇一
祥伝社文庫編集長　坂口芳和
電話　〇三（三二六五）二〇八〇

祥伝社ホームページの「ブックレビュー」からも、書き込めます。

http://www.shodensha.co.jp/bookreview/

祥伝社文庫

夜叉《やしゃ》むすめ　曲斬《きょくぎ》り陣九郎《じんくろう》

平成23年 9月 5日　初版第 1 刷発行

著　者　芦川淳一《あしかわじゅんいち》
発行者　竹内和芳
発行所　祥伝社《しょうでんしゃ》
東京都千代田区神田神保町 3-3
〒101-8701
電話　03（3265）2081（販売部）
電話　03（3265）2080（編集部）
電話　03（3265）3622（業務部）
http://www.shodensha.co.jp/

印刷所　堀内印刷
製本所　ナショナル製本
カバーフォーマットデザイン　中原達治



Printed in Japan ©2011, Junichi Ashikawa ISBN978-4-396-33683-7 C0193

# 祥伝社文庫の好評既刊

井川香四郎
**未練坂** 刀剣目利き 神楽坂咲花堂④
剣を極めた老武士の奇妙な行動。上条綸太郎は、その行動に十五年前の悲劇の真相が隠されているのを知る。

井川香四郎
**恋芽吹《めぶ》き** 刀剣目利き 神楽坂咲花堂⑤
咲花堂に持ち込まれた童女の絵。元の持主を探す綸太郎を尾行する浪人の影。やがてその侍が殺されて…。

井川香四郎
**あわせ鏡** 刀剣目利き 神楽坂咲花堂⑥
出会い頭に女とぶつかり、瀬戸黒の名器を割ってしまった咲花堂の番頭峰吉。それから不思議な因縁が…。

井川香四郎
**千年の桜** 刀剣目利き 神楽坂咲花堂⑦
笛の音に導かれて咲花堂を訪れた娘はある若者と出会った…。人の世のはかなさと宿縁を描く上条綸太郎事件帖。

井川香四郎
**閻魔の刀** 刀剣目利き 神楽坂咲花堂⑧
「法で裁けぬ者は閻魔が裁く」閻魔裁きの正体、そして綸太郎に突きつけられる血の因縁とは?

井川香四郎
**写し絵** 刀剣目利き 神楽坂咲花堂⑨
名品の壺に、なぜ偽の鑑定書が? 上条綸太郎は、事件の裏に香取藩の重大な機密が隠されていることを見抜く!

# 祥伝社文庫の好評既刊

井川香四郎
## 鬼神の一刀
刀剣目利き 神楽坂咲花堂⑩

辻斬りの得物は上条家三種の神器の一つ、〝宝刀・小鳥丸〟では？ 綸太郎と老中の攻防の行方は…。

井川香四郎
## 鬼縛り
天下泰平かぶき旅

その名は天下泰平。財宝の絵図を片手に東海道を西へ。お宝探しに人助け、波瀾万丈の道中やいかに？

井川香四郎
## おかげ参り
天下泰平かぶき旅

財宝を求め、伊勢を目指す泰平。遠江《とおとうみ》国では満月の夜、娘を天神様に捧げる掟が……。泰平が隠された謀《はかりごと》を暴く！

逆井辰一郎
## 雪花菜《きらず》の女
見懲らし同心事件帖

同心になったばかりの浪人野蒜《のびる》佐平太。いたって茫洋としていながらも、彼にはある遠大な目的が！

逆井辰一郎
## 身代り
見懲らし同心事件帖②

結ばれぬ宿世の二人が……。許されぬ男女のために、〝見懲らし同心〟佐平太が、奔走する。

逆井辰一郎
## 押しかけ花嫁
見懲らし同心事件帖③

許してはならぬ罪、許すべき罪を見極め、本当の〝悪〟を退治する、見懲らし同心佐平太が行く！ 人気の第三弾！